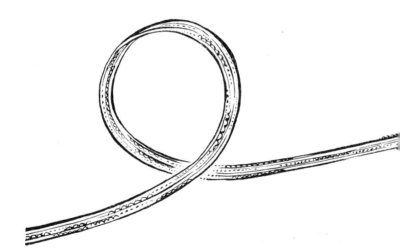

Ulf Löfgren

Professor Knopp

Der fliegende Meisterdetektiv

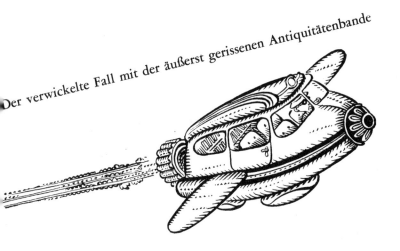

Der verwickelte Fall mit der äußerst gerissenen Antiquitätenbande

VERLAG CARL UEBERREUTER
WIEN-HEIDELBERG

ISBN 3 8000 4216 9

J 680/1

© 1966, 1969 by Ulf Löfgren, Lidingö, und Bitter Verlag KG, Recklinghausen. Lizenz-
ausgabe mit Genehmigung des Georg Bitter Verlages, Recklinghausen, für die deutsche
Übersetzung. Berechtigte Übersetzung aus dem Schwedischen (Den fantastiske professor
Knopp, Almquist & Wiksell/Gebers Förlag AB, Stockholm) von Hanna Köster-Ljung.
Umschlagbild und Illustrationen von Ulf Löfgren
Hergestellt bei Carl Ueberreuter Druck und Verlag, Wien,
und Großbuchbinderei Thomas F. Salzer KG, Wien
Printed in Austria

Familie Andersson

„Was gibt's zu essen? " Ulli stand in der Küchentür, den Fußball unterm Arm. Er ließ ihn am linken Bein herunterrollen, stoppte ihn mit dem Fuß und stieß ihn dann neben der Tür unter die Küchenbank. Der Ball sprang einige Male hoch und verstreute dabei ein bißchen Lehm und Sand über den Fußboden — ungefähr eine halbe Kehrschaufel voll.

„Doch nicht gekochten Fisch? " Ulli sog prüfend die Luft ein und schnüffelte. „Sag ja nicht, es gibt gekochten Fisch! Lieber gebratenen Elefanten oder gekochte Schuhsohlen oder was du willst — nur keinen Kochfisch!"

Frau Andersson fuhr in aller Ruhe fort, Messer und Gabeln auf den Eßtisch zu legen. Darauf drehte sie sich um und sagte, Ulli fest ansehend: „Es gibt gekochten Fisch!"

Die Worte klirrten wie fallende Eiszapfen.

Das Leben lag wie ein steiler Berg vor Ulli. Es war so wie Zahnweh oder Blasen an den Fersen oder Gegenwind auf dem Fahrrad, fand er.

„Gekochten Fisch mit Schnittlauchsoße", ergänzte Frau Andersson unbarmherzig und setzte die Gläser nachdrücklich auf den Tisch.

„Gekochten Fisch mit Schnittlauchsoße", stöhnte Ulli und sank halb ohnmächtig auf den nächsten Küchenstuhl. Seine Beine schienen ihn nicht mehr zu tragen, nachdem er diese Nachricht erhalten hatte. Das Kinn gegen die Stuhllehne gedrückt, begann er düster, die Karos auf dem Linoleumteppich zu zählen, als könnte ihn dies vor dem gekochten Fisch retten. Zuerst zählte er die Karos vom Kühlschrank bis zum Abwaschtisch, von da weiter bis zum Küchentisch.

Siebzehn Stück bekam er zusammen. Als er bis zur Küchentür gelangt war, stellte sich ein Schuh auf das letzte Karo: Er gehörte Ullis Papa, Herrn Andersson, der mit festen, energischen Schritten die Küche betrat. Er hatte den „Klockköpinger Anzeiger" unter dem Arm geklemmt. Angenehm überrascht sagte er: „Gekochter Fisch! Herrlich, mein Leibgericht!"

Wohlgefällig blickte er um sich, ehe er am Küchentisch Platz nahm und seine Zeitung aufschlug.

Die Küchentür wurde aufgerissen, ein Mädchen stürzte herein. Es war Ullis Schwester Britta. Sie ging direkt zum Herd, auf dem das Essen kochte und brutzelte. Neugierig hob sie einen Deckel: „Gekochter Fisch!" sagte sie dumpf und schnitt eine Grimasse. Langsam legte sie den Deckel zurück.

Eine Weile überlegte sie und erwog dies und das. Schließlich verfiel sie auf den alten Trick mit dem Bauchweh. Es kam tatsächlich noch vor, daß er funktionierte, obwohl er vom vielen Gebrauch ziemlich abgenutzt war. Der Kniff bestand darin, mit Hingabe so zu schauspielern, daß es echt wirkte. Sie brachte ihre Augenbrauen in eine tragische Stellung und versuchte, grün im Gesicht auszusehen.

„Mama, mir ist heute gar nicht gut", sagte sie zu Frau

Andersson. „Ich hab' Magenschmerzen, und der Kopf tut mir weh. Ich glaube, ich kann heute nichts essen."

„Es ist sicher der Aussatz", warf Ulli ein. „Wenn es nicht gar das Fischfieber ist."

„Mir ist fast, als hätte ich Fieber", sagte Britta schwach und lehnte sich effektvoll gegen einen Stuhl. Sie fand selbst, daß sie überzeugend wirkte.

„Also Fischfieber", stellte Ulli sachlich fest. „Man friert und schwitzt abwechselnd. Man wird grün im Gesicht und fällt in sich zusammen. Das ist entsetzlich schmerzhaft. Das einzige, was gegen Fischfieber hilft, ist gekochter Fisch."

„Na, es wird wohl nicht so schlimm sein mit deiner Übelkeit, möchte ich meinen", sagte Frau Andersson. „Jetzt wollen wir uns setzen, das Essen ist fertig."

Britta seufzte. Sie nahm sich vor, das nächstemal mit einem ganz neuen Trick aufzuwarten.

„Hm, wunderbar!" strahlte Herr Andersson und rieb sich die Hände. Darauf setzte er sich zurecht und band sich die Serviette um den Hals.

„Ludwig, die Serviette gehört doch nicht unters Kinn", sagte seine Frau, während sie die Kartoffeln servierte.

„Nein, gewiß. Ich hatte es vergessen", sagte Herr Andersson und legte gehorsam die Serviette auf den Schoß. „Na, wie war es heute?" fuhr er fort. „Gut, wie ich hoffe?"

„Alles in Ordnung, Ludwig", erwiderte seine Frau. „Der Klempner war übrigens hier und hat den Wasserhahn repariert. Das heißt, er mußte ihn auswechseln."

„War das der Hahn im Badezimmer, den Papa gestern zu reparieren versuchte?" fragte Ulli.

„Den er losgerissen hat, so daß das Wasser an alle Wände spritzte?" erkundigte sich Britta.

„Hört mal, Kinder", sagte Herr Andersson streng und blickte über die Brillengläser hinweg von Ulli auf Britta und von Britta auf Ulli. „Ihr wollt euch doch nicht auf meine Kosten lustig machen?" Fragend sah er seine Kinder an, aber da er keine Antwort erhielt, wandte er sich wieder dem Essen zu.

Alle aßen eine Weile schweigend.

„Nun", meinte Herr Andersson, als seine Frau den Nachtisch brachte, „habt ihr unseren neuen Nachbarn schon gesehen?"

„Ja, am Morgen", versetzte Ulli und füllte sich den Teller bis zum Rand mit Erdbeerspeise. „Zuerst hat er seine Türpfosten neu gestrichen. Dann reparierte er seine Dachrinne, die in der Mitte abgebrochen war, und wechselte schließlich noch eine zerbrochene Fensterscheibe aus."

„Er scheint recht geschickt zu sein, dieser Professor Knopp", bemerkte Frau Andersson. „Sehr geschickt."

„Da hätte er auch unseren Wasserhahn reparieren können", warf Ulli hin.

„Kein Wort mehr von diesem Hahn", erklärte Herr Andersson streng und warf seinem Sohn über den Rand der Brille einen Blick zu.

Alle aßen eine Weile schweigend weiter.

„Obgleich es nicht sicher ist", erklärte Ulli schließlich.

„Was denn?" fragte Britta.

„Daß es ihm gelingen würde."

Herr Andersson legte den Löffel auf seinen Teller und blickte Ulli grimmig an: „Wovon redest du eigentlich, wenn ich fragen darf?"

„Von der Dachrinne", erwiderte Ulli. „Ich hab' ja nicht gesehen, ob er es auch konnte."

„Hm", meinte Herr Andersson und betrachtete Ulli nachdenklich. „Die also, die Dachrinne."

„Habt ihr gesehen, was für eine komische Mütze er immer trägt?" fragte Britta.

„Das ist ein Tropenhelm", erklärte Ulli. „Vielleicht hat er einmal in den Tropen gewohnt. Der Helm ist gut gegen die Sonne."

„Hier nützt ihm ein Regenschirm mehr", warf Frau Andersson ein.

„Eigentlich sieht er recht gemütlich aus", meinte Britta. „Übrigens – hast du bemerkt, wie schlecht sein Pfeifentabak riecht? "

„Die reinste Schwefelfabrik", urteilte Ulli.

„Und außerdem trägt er Golfhosen", fuhr Britta fort.

„Kein Mensch trägt heute noch solche Hosen."

„Noch richtige Steinzeit", meinte Ulli. „Und der Schnurrbart, was? Autofahrermodell 1910."

„Golfhosen sind gar nicht so verkehrt", mischte sich Frau Andersson ein. „Und an seinem Schnurrbart ist auch nichts auszusetzen. Ich finde, er sieht wie ein netter, feiner Herr aus", fügte sie hinzu. „Höflich ist er auch. Ich bin wirklich froh, daß wir einen solchen Nachbarn bekommen haben."

„Darin hat Mama vollkommen recht", pflichtete Herr Andersson bei. „Ein freundlicher Mann, dieser Professor Knopp. Es spielt keine Rolle, wie er aussieht, wichtiger scheint mir, wie man ist. Man kann die Leute ja nicht einsperren, weil sie Golfhosen tragen. Nein, im Gegenteil, wir können uns über einen so netten und angenehmen Nachbarn nur freuen", betonte er und lehnte sich gesättigt und zufrieden in seinem Stuhl zurück.

„Ja, so geschickt wie der ist, hilft er uns vielleicht manchmal mit kleineren Reparaturen", warf Ulli hin.

Herr Andersson blickte empört und mit gerunzelten Augenbrauen auf seinen Sohn, während er die Serviette zusammenrollte und in den Serviettenring schob. „Hier im Hause erledige ich alle Reparaturen", entschied er.

„Ihr dürft Papa nicht ärgern", mahnte Frau Andersson.

Dann wechselte sie das Thema und sagte: „Ich bin froh, daß endlich jemand in die alte Prokuristenwohnung gezogen ist."

„Aber warum muß denn auch ein so langweiliger Knopf wie dieser Professor Knopp hier einziehen? " beklagte sich Ulli. „Denkt doch, wenn es eine Familie mit einem zehnjährigen Jungen gewesen wäre. Wir hätten zusammen Ball spielen und manchmal im Kleinsee angeln können. Der Professor kann bestimmt nicht einmal einen Fußball von einer Margarinekiste unterscheiden!"

„Oder es hätte eine Familie mit einem Mädchen in meinem Alter sein müssen", überlegte Britta.

„Ja, ja", beruhigte Frau Andersson. „Nun, ich bin jedenfalls zufrieden. — Aber still! Hört ihr etwas? "

Alle lauschten. Man vernahm heftiges Knallen vom Nachbarhaus her.

„Er ist bestimmt in der Garage", vermutete Herr Andersson. „Dort hat er schon an mehreren Abenden gehämmert."

„Möchte wissen, in welchem Fach er eigentlich Professor ist? " fragte Britta, während sie beim Abdecken half.

Das geheimnisvolle Licht

Britta saß in ihrem Zimmer, mit einem Zeichenblock beschäftigt. Sie versuchte, einen Hund zu malen. Das war sehr schwierig. Es wollte und wollte kein Hund werden. Manchmal wurde der Kopf zu groß, Körper und Beine dagegen fielen zu klein aus — oder auch umgekehrt. Britta zeichnete und radierte, bis sich die abgeriebenen Gummikrümel auf dem Zeichenblock häuften. Dabei sagte sie abwechselnd „pfui" oder „Ach, wie blöd!" oder „Wie komisch das aussieht!"
Sie schaute zum Fenster hinaus. Draußen regnete es wie gewöhnlich. Es war schon der dritte verregnete Ferientag.
In diesem Augenblick kam Ulli ins Zimmer. Gelangweilt lehnte er sich mit dem Rücken gegen ihr Bett und verschränkte die Hände hinter dem Kopf.
„Ulli — laß das! Du machst mein Bett unordentlich", rief Britta. Aber da ließ Ulli sich schon mit einem Bums rücklings auf ihr Bett fallen. Er legte sich auf ihrem Kissen zurecht und erklärte gemütlich: „Entschuldige — ich bin umgefallen. Ich stieß mit den Knien gegen die Bettkante!"
„Rücklings!" bemerkte Britta wütend.
„Hoffnungslos mit diesem Regen", lenkte Ulli ab. „Nichts kann man anfangen. Seit Tagen regnet es ununterbrochen. Wo kommt nur all das Wasser her? "
„Von oben!" sagte Britta, noch immer empört.
„Ich mag keinen Regen! Man wird naß davon!"
Ulli streckte die Hand aus und nahm von Brittas

Bücherbord ein rotes Buch. In der rechten unteren Ecke des Buches prangte in Goldbuchstaben das Wort „Tagebuch". Ein kleines Hängeschloß sicherte es vor neugierigen Augen.

„Kannst du mir den Schlüssel leihen?" fragte er. „Dann werde ich etwas Poetisches vorlesen."

Britta riß das Tagebuch an sich und schmiß es in ihre Schreibtischschublade, die sie mit energischem Ruck zuschob.

Ulli pfiff wieder auf eine eklige Weise, wie nur Brüder pfeifen können. „Was machst du da eigentlich?" fragte er schließlich.

„Zeichnen", antwortete Britta mürrisch.

„Und was, wenn ich fragen darf?"

„Einen — ach, das ist egal."

„Darf ich sehen?"

Britta hielt den Block hoch.

Ulli setzte sich im Bett auf. „Aber, das ist ja ausgezeichnet", lobte er.

Britta sah ihren Bruder mißtrauisch an. „Findest du?" erkundigte sie sich hoffnungsvoll.

„Gewiß. Ich hätte es nicht besser machen können. Aufs Haar genau getroffen. Aber hör mal, hat ein Elefant eigentlich Hörner?"

„Elefant!" Britta fuhr auf und warf Ulli den Block an den Kopf.

„Was sollte es dann sein?" fragte Ulli unterm Zeichenblock hervor.

„Hast du nicht gesehen, daß es ein Porträt von dir ist? Nie habe ich einen besseren Ziegenbock gemacht."

Wieder stützte Britta den Kopf in die Hand und

schaute zum Fenster hinaus. Der Regen klatschte gegen die Scheiben. Die Tropfen flossen im Zickzack am Glas herunter. Britta beugte sich vor und schaute interessiert zu, wie sie sich ihren Weg suchten. Da bemerkte sie plötzlich draußen hinter dem Regenvorhang einen Lichtschein. Bisweilen leuchtete es klar und stark, manchmal wieder ganz schwach.

Britta beobachtete das Licht lange, ohne ein Wort zu sagen, aber schließlich sagte sie: „Es leuchtet hinter dem Garagenfenster von Professor Knopp."

„So, vielleicht hämmert er wieder."

Britta beugte sich noch näher zum Fenster hin. „Es leuchtet aber ganz sonderbar", sagte sie. „Mal stärker, mal schwächer. Und manchmal wird es ganz weiß. Komm her und sieh es dir an!"

Ulli erhob sich und trat ebenfalls ans Fenster. Es sah wirklich sonderbar aus. Zuweilen flammte es im Fenster so hell auf, daß der Schein die Bäume anstrahlte und die Tropfen auf den Blättern glitzerten.

Es brannte doch wohl nicht in Professor Knopps Garage? Ullis Herz begann unruhig zu klopfen. „Du — wir müssen nachsehen, ob es brennt", sagte er hastig. „Wir ziehen die Regenmäntel an und laufen hinüber. Professor Knopp hat es vielleicht nicht bemerkt, da die Garage kein Fenster zum Hof hat. Wir müssen die Feuerwehr rufen, wenn es wirklich brennt! Unter dem Garagenfenster stehen Kisten, da können wir hinaufklettern und 'reinsehen."

„Aber wenn es nun in der Garage nicht brennt?" flüsterte Britta unruhig. „Er mag es vielleicht nicht, wenn jemand in seine Garage schaut?"

14

„Ach was! Wenn es brennen sollte, kann er nur froh sein, daß wir es entdecken. Und sonst — ich möchte wirklich gerne wissen, was er in der Garage eigentlich treibt. Komm jetzt!"

Ulli und Britta eilten die Treppe hinunter. In der Halle schlüpften sie hastig in ihre Regenmäntel.

Frau Andersson öffnete die Küchentür und blickte hinaus. „Wohin wollt ihr, Kinder? Bei dem Regenwetter? "

Aber sie erhielt keine Antwort — die Haustür war schon hinter den beiden zugeschlagen.

„Schrecklich, wie eilig sie es immer haben", sagte sie zu ihrem Mann.

Herr Andersson knurrte etwas Undeutliches, ohne von seiner Zeitung aufzublicken.

Draußen war es pechfinster. Aus allen Dachtraufen strömte das Wasser. Doch Ulli und Britta wußten Bescheid in ihrem Garten. Sie hätten den Weg mit geschlossenen Augen gefunden. Als sie durch das Loch in der Hecke krochen, die die beiden Grundstücke trennte, streiften die klatschnassen Zweige über Gesicht und Nacken, was sie jedoch kaum beachteten.

Sie schlichen zur Rückseite der Garage, wo dicht unter dem Dach ein Fenster war. Ulli flüsterte Britta zu, sie solle ihm helfen, eine Holzkiste auf das Ölfaß zu stellen, das sich genau unter dem Fenster befand. Es glückte ihnen, ohne dabei Lärm zu machen. Dann kletterten sie hinauf — Ulli zuerst, Britta hinterher.

Der Bruder erhob sich langsam und vorsichtig, wobei die Kiste auf dem Faß bedenklich wackelte, so daß das Aufrechtstehen schwierig war. Britta, die in der Hocke

sitzen geblieben war, sah ihm unruhig zu. Als Ulli gerade mit den Augen über das Fensterblech reichte, erblickte er zuerst eine Wand, an der auf verschiedenen Haken eine Menge Werkzeug hing. Dann stand da noch ein altes Fahrrad neben einigen schadhaften Gummireifen.

Aber mitten in der Garage entdeckte er etwas so Phantastisches, daß er erschrocken die Luft anhielt und sie heftig wieder ausstieß.

„Was siehst du da? Brennt es irgendwo?" flüsterte Britta besorgt.

Aber Ulli schaute nur und antwortete nicht; seine Augen waren vor Staunen kugelrund.

Ulli macht eine Entdeckung

Ulli sagte lange Zeit gar nichts, blickte nur in stummem Staunen durchs Fenster. Dann pfiff er leise durch die Zähne und flüsterte: „Beim Barte des Propheten – das ist nicht übel."

Britta, die noch immer neben ihm auf der Kiste kauerte, blickte zu Ulli hoch. „Und was ist das, was beim Barte des Propheten nicht übel ist?" flüsterte sie ungeduldig. „Kannst du denn nicht richtig antworten?"

Ulli beugte sich zu Britta hinunter und sagte eifrig: „Komm und sieh selbst!"

Vorsichtig erhob sich Britta auf der wackelnden Holzkiste und stützte sich gegen die Hauswand, bis sie das Fensterblech fassen konnte. Dann schob sie den Kopf vorsichtig über die Kante.

Anfangs war sie von dem starken Licht geblendet, bis sie dann Professor Knopp entdeckte, der genau unter dem Fenster stand. In der einen Hand hielt er einen Schweißbrenner, der eine blendendweiße Flamme ausstieß; die andere Hand hielt den Blendschutz vor die Augen.

Aber das war es nicht, was Ulli staunen ließ. Nein, es war das kleine Flugzeug, das in der Garage stand. Professor Knopp war augenscheinlich dabei, es mit Schweißarbeiten zu reparieren.

Es war ein kleines, blaues Flugzeug, das beinahe einer Rakete glich. Es besaß ganz kleine, nach hinten gerichtete Tragflächen und einen Motor, der anscheinend wie ein Raketenmotor aussah. Vorn an der Nase war die Einsaugöffnung, deren Einfassung einer Blume ähnelte. Unter der Maschine sah man zwei kräftige, walzenförmige Pontons, offenbar mit Luken versehen, denn darunter waren Räder sichtbar. Außerdem gab es noch ein Rad am hinteren Teil des Rumpfes.

Ulli meinte, noch nie ein so hübsches Flugzeug gesehen zu haben. Ganz neu schien es allerdings nicht mehr zu sein, denn er entdeckte bei näherem Zusehen hier und da Beulen in dem Metall.

Professor Knopp war anscheinend damit beschäftigt, eine schadhafte Stelle dicht an der Nase zu schweißen. Rasend schnell ging das vor sich, wie es Ulli vorkam. Hin und wieder hielt der Professor eine Weile inne und trat ein paar Schritte zurück, um sein Werk zu betrach-

ten — wie ein Künstler, der ein Bild malt. Dann nahm er seine Arbeit wieder auf. Ulli sah an seinem Mund, daß er mit sich selbst sprach. Manchmal lachte er zufrieden, mitunter aber, wenn es nicht so wurde, wie er wollte, kaute er ärgerlich an seinen Schnurrbartspitzen.

Plötzlich — ehe Ulli und Britta noch bis zwei zählen konnten — drehte Professor Knopp den Kopf und blickte zum Fenster hin, durch das die beiden spähten.

Blitzschnell zogen sie die Köpfe ein und duckten sich unter das Fensterblech. Bei der heftigen Bewegung fing die Holzkiste an zu schaukeln. Es sah eine Weile ganz danach aus, als ob sie mit schrecklichem Krach von ihrem Ölfaß purzeln würden. Aber nach einigem Hin und Her kam die Kiste wieder in die richtige Lage. Ulli und Britta saßen mucksmäuschenstill.

„Glaubst du, daß er uns gesehen hat? " flüsterte Britta ängstlich.

„Weiß nicht", gab Ulli leise zurück. „Nahe daran war es jedenfalls."

Er schaute zum Fenster hinauf. An dem flackernden Licht erkannte er, daß Professor Knopp noch immer schweißte.

Ulli und Britta rührten sich nicht auf ihrer Holzkiste. Beide hatten sie klatschnasse Haare, und der Regen lief ihnen in den Mantelkragen. Das war zwar ziemlich ungemütlich, aber keiner wagte, sich zu bewegen. Sie fürchteten, die Tonne könnte klappern, wenn sie abspringen würden. Noch weniger durften sie sich erheben und wieder durchs Fenster schauen.

Als Ulli das nächstemal zum Fenster hinaufschaute, entdeckte er, daß der Schein von dem Schweißapparat verschwunden war. Nur noch das schwache Licht der Deckenbeleuchtung drang nach draußen. Dann hörten sie es poltern. Anscheinend stellte Professor Knopp den Apparat beiseite. Durch die Wand vernahmen sie, wie er einige Schubladen in den Schrank zurückschob und dann einige Male in der Garage auf und ab schritt. Gleich darauf wurde die Garagentür zugeschlagen. Dann wurde alles ruhig.

Ulli und Britta verhielten sich eine Weile still und lauschten. Aber sie konnten nichts hören. Sicher war Professor Knopp ins Haus zurückgegangen.

Ulli erhob sich vorsichtig und blickte durch das Fenster. Er drückte die Nase gegen die Scheibe, legte die Hände über die Augen, um besser hineinsehen zu können.

In der Garage war es jetzt so dunkel, daß er nur noch die Umrisse der Maschine erkennen konnte.

Ulli war zu neugierig, er mußte sie aus der Nähe sehen. Wie es sich wohl in einem solchen Flugzeug saß?

Als er mit der Hand am Rahmen entlangtastete, fühlte er, daß das Fenster ein wenig überstand. Es war nicht richtig geschlossen. Er konnte sehen, daß Professor Knopp auf der Innenseite eine Schraubenmutter dazwischengelegt hatte, die die Scheibe einige Zentimeter nach außen drückte, gerade so viel, daß durch den Spalt frische Luft eindringen konnte.

Ulli faßte mit den Fingern unter die Kante und zog das Fenster nach außen. Es gab leicht nach, so daß er eine Hand unterschieben und das Fenster, das an der

Außenseite oben in Scharnieren hing, hochklappen konnte.

„Was willst du tun? " flüsterte Britta, die unter ihm auf der Kiste hockte und naß wie eine Katze war.

„Hineinspringen natürlich", erwiderte Ulli.

„Bist du verrückt!" Britta war erschrocken.

„Nee, bin ich nicht!" gab er leise zurück. „Ich springe jedenfalls. Komm doch mit! Setz dich drinnen hin, anstatt dir hier die Haare naßregnen zu lassen."

„Nie im Leben", erwiderte Britta entschieden. „Ich bleibe hier und passe auf."

„Mache huhu wie eine Eule, wenn jemand kommt", bat Ulli.

„Ach, dummes Zeug!"

Ulli kletterte aufs Fensterblech, erst mit einem Knie, dann mit beiden. Es glückte ihm, sich in der Fensteröffnung umzudrehen, dann glitt er auf der anderen Seite hinunter, während er sich mit den Händen am Blech festhielt. So hing er da und pendelte eine Weile vor und zurück, indem er versuchte, mit den Füßen festen Halt zu gewinnen. Als das nicht gelang, biß er die Zähne fest zusammen, schloß die Augen und ließ sich los.

Mit einem leichten Bums kam er auf die Füße.

Eine Weile stand er geduckt und hielt den Atem an, während er zur Garagentür hinüberstarrte. Als nichts geschah, erhob er sich vorsichtig und schlich auf Zehen zum Flugzeug hinüber.

Sachte strich er mit der Hand darüber. Er fühlte die Schweißnaht und hier und da Beulen und unebene Stellen. In der Dunkelheit schimmerte das Blech leicht bläulich. Er umschlich die Maschine und vermied sorgsam, auf die Werkzeuge zu treten, die er undeutlich am Boden liegen sah. Der Scheinwerfer auf dem Dach der Maschine glimmte schwach.

Welch ein Flugzeug! Ulli wünschte, es gehörte ihm. Er schlich zum Fenster zurück und flüsterte: „Britta!"

Eine Weile wartete er, aber als sich nichts rührte, rief er lauter: „Britta!"

Gleich darauf erschien ihr Kopf über der Fensterkante. Irgendwie glich sie einem durchnäßten Bernhardinerhund.

„Komm!" flüsterte er eifrig. „Es ist großartig."

„Was? " flüsterte Britta zurück.

„Was! Das Flugzeug natürlich! Zieh dich hoch wie ich, dann helfe ich dir herunter."

„Ich wag's nicht", sagte Britta halblaut.

„Ach, du Angsthase!"

Britta überlegte eine Weile, ob sie es sich bieten lassen sollte, Angsthase genannt zu werden. Sie verspürte große Lust, das Fenster zuzuklappen und Ulli in der Garage einzuschließen. Da konnte er dann sitzen und den Löwen spielen. Aber sie besann sich anders und zog sich statt dessen am Fenstersims hoch. Sie drehte sich im Fenster und rutschte auf der anderen Seite hinunter, wo Ulli sie in Empfang nahm. Alles war völlig lautlos vor sich gegangen. Beide schlichen zum Flugzeug. Ulli zeigte auf die herumliegenden Werkzeuge, damit Britta nicht darauf treten sollte.

„Wir öffnen die Tür und schauen hinein", schlug Ulli vor.

Gerade als Britta antworten wollte, ging das Licht in

der Garage an, und eine scharfe Stimme sagte: „Aha —
ich glaube, ich habe Besuch."
Ulli und Britta fuhren herum.
Vor ihnen stand Professor Konrad E. Knopp. Er trug
einen Tropenhelm auf dem Kopf und rauchte eine
Pfeife, die kleine, stinkende Rauchwölkchen ausstieß.

Ein seltsamer Professor

Professor Knopp war ein kleiner Mann, der Ulli nur bis
zu den Ohren reichte. Auf dem Kopf trug er einen
Tropenhelm, wie ihn gewöhnlich die afrikanischen
Großwildjäger haben. Seine Augen schauten unter dem
Helm durch dicke Brillengläser hervor. Seinem Blick,
der ungewöhnlich rasch und wachsam war, schien
nichts zu entgehen, nicht die kleinste Kleinigkeit. Eine
Stecknadel auf dem Teppich, ein Fleck auf der Tapete,
ein Knoten im Schuhband, ein Loch im Handschuh,
eine Fliege im Suppenteller — nichts blieb dem scharfen Auge des Professors verborgen.
Professor Knopp war nämlich ein außerordentlich ge-
schickter Amateurdetektiv, der ohne Schwierigkeiten
die verzwicktesten Kriminalrätsel löste. Alle Kommissare der ganzen Welt wußten, daß man nur den
Telefonhörer abzuheben brauchte, um Professor
Knopp, den internationalen fliegenden Detektiv, anzu-
rufen, wenn sie selbst nicht mehr weiterwußten. Im

gleichen Augenblick, da der Kriminalkommissar in Schanghai oder Bangkok oder Kairo Professor Knopps ruhige Stimme in dem knatternden Hörer vernahm, atmete er erleichtert auf. Dann wußte er, daß der Bandit praktisch festgenommen, abgeurteilt und auf dem Wege war, seine Strafe abzusitzen. Alle brauchten sich nur an seine bekannten Detektivtaten zu erinnern, um sich gleich ruhiger zu fühlen: Da war zum Beispiel der Fall mit dem gestohlenen Ozeandampfer „Gorgonzola" oder der mit der verschwundenen Bettstelle des Grafen Finkfinch of Tolloy; da waren der Fall mit dem blaugemalten Elefanten und die Sache mit der boxenden Putzfrau, dem Millionär Strollpoll, der den Niagarafall hinunterstürzte, und schließlich die Sache mit dem vergifteten Schaukelstuhl — ach, die Liste seiner Heldentaten als Detektiv war lang! Jeder Kriminalkommissar war sogleich beruhigt, wenn er erfuhr, daß Professor Knopp sich seines Falles annehmen wollte. Dann durfte man sich gemütlich im Stuhl zurücklehnen, eine Zigarre anzünden und in Frieden den „Kairoer Kurier", den „Schanghai-Expreß" oder „Bangkoks Neueste Nachrichten" studieren. Hier standen also Ulli und Britta vor dem berühmten Professor Knopp, den alle Kommissare in der ganzen Welt kannten, von dessen Berühmtheit aber niemand in Klockköping eine Ahnung hatte.

Professor Knopp beobachtete Ulli und Britta eine geraume Weile schweigend mit seinem ruhigen und wachsamen Blick. Nur hin und wieder stieß er eine übelriechende Tabakwolke aus. Beide Geschwister fühlten sich recht unbehaglich. Sie schauten zu Boden und bewegten unruhig die Füße. Sie bereuten es wirklich, daß sie so frech in die Garage eingedrungen waren.

Endlich nahm Professor Knopp die Pfeife aus dem Mund und sagte ruhig: „Zum Mittagessen hattet ihr gekochten Fisch. Und hinterher Erdbeerspeise."

„Gek — gekochten Fisch? Ja, doch — das . . . Aber wie können Sie das wissen? " fragte Ulli verwirrt.

„Das ist eine reine Bagatelle für einen erfahrenen Detektiv", versicherte Professor Knopp. „Und ungebetene Gäste in der Garage zu überraschen fällt mir auch nicht schwer."

Ulli und Britta blickten wieder zu Boden. Man hörte es scharren, wenn sie hin und wieder das Standbein wechselten.

Der Professor begann darauf, in der Garage auf und ab zu gehen — vier rasche Schritte hin, vier ebenso rasche zurück. Jedesmal wenn er umkehrte, drehte er zuerst den Kopf, dann kam der Körper nach. Es sah sehr lustig aus, aber weder Ulli noch Britta wagten, eine Miene zu verziehen. Er stieß jetzt dichte Rauchwolken aus — ein Problem schien ihn zu beschäftigen.

Ulli schielte vorsichtig zu ihm hinüber. Professor Knopps langer Schnurrbart bewegte sich auf und nieder, wenn er wendete. Sein Gang war fast lautlos, da er ein Paar weiße und ziemlich abgenutzte Turnschuhe an den Füßen trug. Über dem Knie bauschten sich weite Golfhosen. Im übrigen trug er eine rote Weste, eine schwarze Fliege und darunter ein weißes Hemd, das anscheinend einige Nummern zu groß war — wahrscheinlich, damit er in gefährlichen Situationen ohne Zeitverlust rasch den Kopf drehen konnte. Professor

Knopp kam oft in solche Lagen! In Wirklichkeit besaß er nur *ein* Hemd mit passender Kragenweite, sein „Ferienhemd" nannte er es.

Manchmal blieb Professor Knopp plötzlich stehen und betrachtete Ulli und Britta mit freundlichen Augen, manchmal wieder war sein Blick durchbohrend, stahlhart und schien alles zu durchdringen: Holz, Kork, Blech und sogar ein schlechtes Gewissen. Professor Knopp dachte augenscheinlich angestrengt nach. Seine Gedanken schienen sich wie wilde Kaninchen in den

Windungen seines Gehirns zu jagen. Er war dabei, zwei und zwei zusammenzuzählen. (Vermutlich kam vier heraus!)

Plötzlich hielt er wieder an und wandte sich bedächtig an Ulli und Britta. „Meine Freunde! Ich habe nun den Fall mit den ungebetenen Gästen in meiner Garage gelöst."

Er klopfte die Pfeife aus, nahm zufrieden das eine Ende seines Schnurrbartes zwischen die Zähne und fuhr fort: „Ihr habt also zusammen in Brittas Zimmer gesessen — du heißt doch Britta, nicht wahr? "

Britta nickte erstaunt.

„Und du bist Ulli, oder? "

Ulli nickte, nicht minder erstaunt.

„Nun, ihr seid in Brittas Zimmer gewesen und bemerktet durch das Fenster den flackernden Lichtschein in meiner Garage. Einer von euch glaubte, es brenne hier drinnen. Ihr lieft hinaus, klettertet auf die Tonne und die Kiste, die sich unter dem Garagenfenster befanden. Dann habt ihr hineingeschaut und mich mit dem Schweißapparat hantieren sehen. Da wurdet ihr neugierig, und als ihr mich aus der Garage verschwinden saht, nahmt ihr sogleich die Gelegenheit wahr, hineinzuklettern und einen weiteren Blick auf das Flugzeug zu werfen. So war das also."

„Ja, das stimmt genau", sagte Ulli eifrig, „aber wie . . ."

„Eine Bagatelle für einen erfahrenen Detektiv", bemerkte Professor Knopp, während er aufs neue seine Pfeife stopfte. „Ich hätte das Problem im Halbschlaf mit dem kleinen Finger lösen können."

„Wir bitten um Verzeihung . . ." sagte Britta leise.

„Ja, verzeihen Sie uns", bat auch Ulli.

Professor Knopp tat einen Zug aus seiner Pfeife und erwiderte freundlich: „Ach, Kinder, ich hätte es genauso gemacht. Wenn man schon ein Flugzeug in einer Garage findet, so will man es auch näher betrachten. Nur erzählt nirgendwo, was ihr hier drinnen entdeckt habt! Ich möchte meine Ruhe haben. Deshalb bin ich nach Klockköping gezogen. – Es ist also ein großes Geheimnis, das nur wir kennen!"

Ulli und Britta nickten eifrig. „Wir werden kein Sterbenswörtchen verraten!" versicherte Ulli.

„Das ist gut", sagte Professor Knopp. „Ich verstehe, daß ihr mein Flugzeug einmal genauer besichtigen wollt. Übrigens, ich nenne es ‚Albert'. So heißt nämlich ein Onkel von mir."

„Oh, gerne!" riefen Ulli und Britta.

„Wie ihr seht, ist es ein mittflügeliges Monoflugzeug. Ich selbst habe es in allen Einzelheiten gebaut. Das war eine sehr knifflige Arbeit! Ich baute es während des Krieges, unten in Madagaskar, in einer alten Flugzeughalle. Ich brauchte damals eine leicht manövrierbare Maschine für meine Arbeit im geheimen britischen Nachrichtendienst."

Ulli schielte Professor Knopp von der Seite an. Konnte das wirklich möglich sein, daß Professor Knopp Geheimagent in britischen Diensten gewesen war? Er hielt dies für einen Scherz, wagte aber nichts dagegen zu sagen, der Professor sah nämlich nicht so aus, als ob er Spaß gemacht hätte.

Professor Knopp ging rund um das Flugzeug herum,

zeigte mit seiner Pfeife auf die einzelnen Teile, während er die Konstruktion erklärte. Ulli und Britta hörten andächtig zu, nickten und sagten „jawohl", „Ich verstehe" und „Jaja, das stimmt!", so als hätten sie alles genau verstanden.

„Diese alte Kiste hat eine Menge mitgemacht", sagte Professor Knopp, „kein Wunder, daß sie jetzt verbeult aussieht. Ich mußte in den letzten Tagen einige Metallplatten auswechseln — alte Einschußlöcher, wißt ihr, die das Aussehen verschandelten. Übrigens regnete es auch hinein. Schließlich mußte ich einige Blätter aus der Lüftung entfernen. Sie waren hineingeraten, als ich einmal in eine Birke sauste. Auch das Polster hätte eine Lüftung nötig; es riecht noch muffig, seitdem ich in Grönland einmal einen Seehund in meiner Kabine hatte."

Wieder schielte Ulli den Professor von der Seite an. Geheimer Nachrichtendienst! Alte Einschußlöcher! Das hätte er nie von ihm gedacht, danach sah er nicht aus. Eine Menge spannender Sachen mußte er erlebt haben. Wenn er nicht spaßte, natürlich.

„Hier habt ihr die Pontons", erklärte Professor Knopp und zeigte darauf. „Mit ihnen kann ich auch auf dem Wasser landen. Zwei Drittel der Erdoberfläche bestehen ja aus Wasser; die Pontons sind also gut zu gebrauchen."

„Solche Schwimmer müssen sehr nützlich sein", warf Ulli höflich ein.

„Wie ihr seht, ist das Fahrgestell in die Pontons eingelassen — eine vortreffliche Erfindung, die ich mir zuschreiben darf."

Professor Knopp lächelte zufrieden. Sein Schnurrbart hob sich. Er lief so rasch um das Flugzeug herum, daß Ulli und Britta kaum folgen konnten. „Aber laßt uns jetzt einsteigen", forderte er die beiden auf und öffnete die Kabinentür.

Ulli bemerkte, daß die Tür laut quietschte. Der Türgriff hing nur lose an zwei Schrauben. Jeden Augenblick mußte er herunterfallen. In der viersitzigen Kabine war es ziemlich eng.

„Ich hab' lange nicht saubergemacht", entschuldigte sich der Professor und entfernte einige alte Zeitungen, eine alte zerschlissene Jacke, eine Taschenlampe, ein Kekspaket, ein gesticktes Kissen und einen Schuhkarton. Alle diese Sachen stopfte er hinter den Rücksitz. Da erst sahen Ulli und Britta, daß die Sitze mit gelbem Leder bezogen waren. Aber leider beulte sich hier und da die Federung hoch, so abgenutzt waren die Lederbezüge.

Ganz hinten im Flugzeug entdeckte Britta eine kleine Bibliothek. Sie war auf Bücherborden untergebracht, welche die ganze Rückwand bedeckten. Britta versuchte, die Buchrücken zu lesen, und entdeckte dabei die sonderbarsten Bücher: „Schmetterlinge der Welt" (in zwei Bänden), ein kleines Handbuch über Pferde, „Wie man Drachen baut", eine „Weltumseglung 1905", „Unter uns Geigenbauern", „Ist die Erde wirklich ganz rund?" und viele andere Bücher mehr.

Britta fand es merkwürdig, daß Professor Knopp in seiner Maschine solche Bücher mitführte, sagte aber natürlich nichts davon.

„Ja, und hier haben wir das Armaturenbrett", erklärte

Professor Knopp und zeigte stolz auf die eigentümlichen Instrumente. „Fahrtenmesser, Höhenanzeiger, Variometer, Ölthermometer, Kraftstoffdruckmesser, Drehzahlmesser, magnetischer Kompaß und Kreiselkompaß, Neigungskompaß und Steigungsmesser", zählte Professor Knopp auf, während Ulli und Britta verständnisvoll nickten und „ja" oder „aha" sagten.

„Phantastisch", rief Ulli schließlich.

„Was ist dies hier? " fragte Britta und zeigte auf zwei Behälter, die neben dem Rücksitz angebracht waren. Sie schienen aus Plastik zu sein und hatten in Bodennähe einen kleinen Hahn.

„Das da ist mein Kaffee- und Teeautomat", erklärte Professor Knopp.

Britta beugte sich tiefer und konnte nun die halbverwischten Worte über den Hebeln lesen: „K-A-F-F-E-E . . . T-E-E", buchstabierte sie.

„Was ist denn in dieser Kiste", erkundigte sich Ulli. Er zeigte auf eine Lade neben seinem Platz, die bis auf eine kleine Öse fest verschlossen war. Davor hing ein großes Schloß. Darüber standen die Buchstaben: I-P-F und T-M.

Professor Knopp machte sofort ein ernsteres Gesicht. „Das sind Geheiminstrumente", antwortete er kurz, als wollte er weitere Fragen verhindern. Dann lenkte er schnell ab: „Jetzt möchtet ihr sicher auch noch einen Blick in meine Wohnung werfen? Ich habe auf meinen Reisen rund um die Welt allerhand merkwürdige Dinge gesammelt. Zum Beispiel Eingeborenentrommeln und Elefantenzähne. Na, und noch anderes."

„Danke — danke, das wäre nett!" stammelte Ulli.

„Schrecklich gerne!" rief Britta.
Sie kletterten aus der Maschine. Professor Knopp verschloß die Kabinentür mit einem kleinen Schlüssel, der
an einem Brett hing. Britta las den Namen „Albert"
auf dem Brettchen.

Sehr merkwürdige Eindrücke

Professor Knopps Haus war mit keinem anderen Haus
zu vergleichen. Das merkten Ulli und Britta sofort, als
sie die Halle betraten. Die geräumige Villa schien ange-
füllt zu sein mit sonderbaren und fremdartigen Dingen.
Es war wie in einem Museum, allerdings viel unordent-
licher. Indianerschilde und Speere hingen an den

Wänden und lagen in den Ecken. Mitten auf dem Boden stand eine große indianische Trommel. Kaum eingetreten, stolperte Ulli schon über eine mächtige Holzfigur, die quer auf dem Fußboden lag.

„Ein Totempfahl", erklärte Professor Knopp und nahm seine Pfeife aus dem Mund. „Ich erhielt ihn einst von einem Indianerhäuptling, dem ich auf den rechten Weg half. ‚Großer Berg' hieß er, ein Ehrenmann, obgleich er eine scheußliche Handschrift hatte."

Britta blieb mit dem Regenmantel an einem spitzen Gegenstand hängen, der aus der Wand herausragte.

„Das ist ein Feuerhaken aus Schottland", bemerkte Professor Knopp. „Der Schotte, der ihn mir schenkte, sagte, wenn man es zum Beispiel mit einem Löwen zu tun bekäme, wäre ein solcher Feuerhaken wichtig. Man hält ihn hoch und haut dem Löwen eins über den Schädel. Sehr wirksam!"

Als Ulli zur Decke hinaufsah, bemerkte er einen riesigen farbigen Teppich, der dort befestigt war.

Professor Knopp wies darauf hin und sagte: „Du wunderst dich vielleicht darüber. Es ist ein persischer Teppich, den ich vom Schah als Dank für einige kleine Dienste erhielt. Ein netter Schah. An seinen Namen kann ich mich nicht mehr erinnern, weiß nur noch, daß er den Kuckuckswalzer pfeifen konnte. Es klang gar nicht übel."

„Aber was ist das für ein merkwürdiges Ding?" fragte Britta und zeigte auf etwas, das in einer Ecke der Halle lag. „Es sieht so spannend aus. Ist es eine Art Jagdgerät?"

„Das ist eine Gartenschere, mit der ich meine Hecke

schneide", erwiderte Professor Knopp. „Die habe ich im Eisenwarengeschäft hier im Ort gekauft."

„Ach so . . ." sagte Britta enttäuscht, und Ulli bemerkte, wie sie rot wurde.

„Hier seht ihr echte türkische Pantoffeln mit Perlstickerei", fuhr Professor Knopp fort und zog ein Paar Pantoffeln unter einem afrikanischen Fußschemel hervor. „Die bekam ich von dem türkischen Khediven als Dank für einige kleine Dienste. Und hier habe ich etwas ganz Besonderes", fuhr Professor Knopp fort, „einen echten australischen Bumerang, den ich an einem Heiligabend von einem Negerhäuptling bekam, als ich in der australischen Wüste landen mußte. Seht her! Er kommt von selbst wieder zurück. Aufgepaßt!"

Professor Knopp schleuderte den Bumerang durch die Halle. Bevor er die Tür an der anderen Seite erreicht hatte, drehte er sich um und segelte zurück. Auf dem Rückweg schlug er einer chinesischen Porzellanvase, die auf einem Tischchen mit Löwenpranken stand, den Hals ab. Klirrend fielen die Scherben zu Boden.

Der Professor hob die Vase auf und betrachtete die Unterseite. „Ming-Dynastie — fünfzehntes Jahrhundert", murmelte er vor sich hin.

„Welch ein Unglück", meinte Britta bedauernd.

„Spielt keine Rolle", erwiderte Professor Knopp. „Ich glaube, ich wähle nächstesmal lieber ein kurzhalsiges Modell."

„Hier liegt ein Fußball!" rief Ulli, der inzwischen umhergegangen war und unter den Sachen gestöbert hatte.

„Genau", entgegnete Professor Knopp und legte die

Pfeife auf einen Tisch. „Es ist ein russisches Modell aus Bärenhaut, das ich für mein Training im Hause benutze. Der Ball knallt nicht so hart gegen die Wand. Achtet mal auf die Tür dort! Achtung!"

Professor Knopp schoß den Ball mit aller Gewalt gegen die Tür. Lächelnd drehte er sich um und blickte Ulli und Britta befriedigt an.

„Habt ihr gesehen? Mitten ins Ziel!" Er nahm seine Pfeife wieder auf. „Wenn du dich für Fußball interessierst, kann ich dir einige besondere Kniffe zeigen", wandte er sich an Ulli.

„Sch — schrecklich gerne!" Ulli stotterte vor Verblüffung.

„Aber jetzt wollen wir einen Blick in meine Bibliothek werfen", bestimmte Professor Knopp. Mit raschen Schritten betrat er den angrenzenden Raum.

Ulli und Britta folgten ihm zaghaft. Sie wechselten einen Blick miteinander, und Britta flüsterte: „Er kann ja Fußball spielen!"

Ulli nickte stumm. Offenbar ein sonderbarer Kauz, dieser Professor!

„Tretet nur ein!" hörten sie Professor Knopp aus einem hinteren Zimmer rufen. Ulli und Britta gelangten in ein Eßzimmer mit Türen nach allen Seiten. Jede war geschlossen, bis auf eine, durch die Ulli und Britta vorsichtig einen Blick warfen.

„Kommt nur herein!" rief Professor Knopp. Er stand über einen Tisch gebeugt, der mit Flaschen, Kolben und Retorten bedeckt war. Es brodelte und kochte in den Kolben, die mit verschiedenfarbigen Flüssigkeiten gefüllt waren. Professor Knopp hatte einen der Kolben

36

aufgenommen und betrachtete ihn mit nachdenklicher
Miene. Bedächtig strich er sich den Schnurrbart, während er den Glaskolben gegen das Licht hielt und die
schwach-bläuliche Flüssigkeit beobachtete. „Dieser
Aufguß wird vielleicht gelingen", murmelte er und
schien vergessen zu haben, daß er nicht allein im Zimmer war.
Auf dem Tisch entdeckte Ulli ein Buch mit ungewöhnlich fettigem Einband. Obenauf, genau über dem Titel,
lag ein Käsebrot. Vorsichtig schob Ulli es beiseite und
las: „Bericht über die sogenannte Knopp-Analyse. Von
Professor Konrad E. Knopp".
„Sind Sie vielleicht Professor in Chemie? " fragte
Ulli.

Der würdige Herr Professor fuhr zusammen. Er war wirklich in Gedanken ganz woanders. „Hat das Telefon geklingelt? " fragte er verwirrt. „Ach so, da seid ihr ja – wußte gar nicht, wo ihr geblieben wart. Laßt uns jetzt in die Bibliothek gehen. Ich habe mir nur das Ergebnis eines chemischen Experiments angesehen, mit dem ich mich aus Liebhaberei beschäftige. Folgt mir, hier entlang."

Professor Knopp ging raschen Schrittes zur Tür hinaus, und die Geschwister folgten ihm auf dem Fuße. Hinter der Tür war ein langer Gang, der im Halbdunkel lag. Ulli und Britta bemerkten, daß der Professor sich im Zickzack bewegte; schließlich ging er eine Art Treppe hinauf, dann auf der anderen Seite wieder hinunter. Kurz bevor er am andern Ende des Flurs hinter einer Tür verschwand, drehte er sich um und rief: „Seht euch vor, Kinder, ich habe hier allerhand herumliegen."

Ulli und Britta tasteten sich Schritt für Schritt durch das Halbdunkel. Ständig stießen sie irgendwo an. Da lagen oder standen Bücherstapel, ein paar Musketen aus dem siebzehnten Jahrhundert, eine Hängelampe mit schweren Eisenketten und schließlich mehrere Holzkisten, die eine Treppe bildeten, über die man steigen mußte.

Die Bibliothek erwies sich als ein großer Raum, dessen Wände ganz mit Buchregalen bedeckt waren. Und überall lagen kleine Bücherstapel und Papierbündel herum. In der Mitte des Zimmers stand ein Tisch mit vier bequemen Stühlen.

„Setzt euch und macht es euch bequem", sagte Professor Knopp. „Dies ist meine Bibliothek, wie ihr seht!"

Ulli und Britta nahmen sich jeder einen Stuhl und sahen sich neugierig um. „So viele Bücher", staunte Britta. „Ich hab' noch nie so viele auf einmal gesehen. Haben Sie denn schon alle gelesen?"

Professor Knopp nickte zustimmend. „Jedes einzelne", versetzte er mit weit ausholender Handbewegung zu den Regalen hin. „Jedes Wort sogar! Jetzt ist alles hier drin!" Er klopfte mit den Fingern gegen die Stirn.

An der Schmalseite des Zimmers hing ein mächtiger, ausgestopfter Löwenkopf. Als die Kinder ehrfuchtsvoll den grinsenden Kopf betrachteten, sagte der Professor: „Diesen Löwen erlegte ich in der Kalaharisteppe. Es war gar nicht meine Absicht gewesen, ihm Schaden zuzufügen, aber er war es schließlich, der anfing zu streiten. Ich erinnere mich noch ganz gut daran, obwohl es jetzt – laßt mal überlegen – mehr als dreißig Jahre her ist."

Professor Knopp trat an den offenen Kamin und nahm einige Holzscheite aus einem Korb. „An einem solchen ungemütlichen Abend wird uns ein tüchtiges Feuer guttun", meinte er und warf die Scheite in den Kamin. Das Feuer verbreitete behagliche Wärme, während der Professor von einem Regal zum anderen ging und seine Bücher vorführte. Er zeigte auf ein Bord und wandte sich an Britta: „Hier hab' ich drei Fächer mit Mädchenbüchern. Die besten aber sind auf dem Dachboden. An regnerischen Tagen sitze ich gerne dort oben und lese. Komm nur zu mir, wann immer du Lust hast. Die Auswahl ist groß."

„Da – danke, gern!" stotterte Britta überrascht.

„Und hier, in diesen sechs Fächern, habe ich Abenteuerbücher", fuhr Professor Knopp fort und zeigte mit der Pfeifenspitze auf ein anderes Regal.

Ulli las die Buchtitel: Indianerbücher, Bonanza-Serien, Billy-Bände – alles schien in der Bibliothek vorhanden zu sein. „Das ist ja toll!" murmelte Ulli.

„Du darfst leihen, was du willst", sagte Professor Knopp und nickte freundlich.

„Danke", erwiderte Ulli. „Das wäre nett. Sie haben eine Menge Bücher, die ich noch nicht gelesen habe."

Professor Knopp ging mit raschen Schritten zur anderen Seite der Bibliothek hinüber. „Seht her!" rief er. „Hier habe ich ein ganzes Bord voll mit geliehenen Büchern. Ich habe ganz vergessen, sie zurückzugeben."

„Vergessen zurückzugeben? " rief Ulli erstaunt.

„Geliehene Bücher? " wunderte sich Britta.

„Genau", antwortete Professor Knopp. „Sie haben sich mit den Jahren angesammelt."

Ulli und Britta sahen einander an. Wie sich das anhörte! Bücher leihen, ohne sie wieder abzuliefern! Beide waren gespannt, was Professor Knopp weiter dazu zu sagen hatte. Er aber schien es nicht zu bemerken.

„Hier zum Beispiel", rief er eifrig, „dies ist ein großartiges Buch!" Er hob einen großen, in Leder gebundenen Band herunter und zeigte ihnen die schönen Abbildungen von Vögeln, die er enthielt. „Herrliche Farbtafeln, nicht wahr? " meinte Professor Knopp. „Laßt sehen, woher das Buch stammt. Ah ja, hier haben wir

es", sagte er und zeigte auf einige Zeilen, die auf der ersten Seite geschrieben standen: „Aus Baron Schrollfülls Handbibliothek."

„Ach, ich erinnere mich noch genau, wie und wann das war, als ich diesen Band zurückzugeben vergaß."
Britta betrachtete ihn vorwurfsvoll von der Seite.

„Hier ist ein anderes Buch, das auch nicht schlecht ist", fuhr der Professor fort. „Es stammt aus der Volksbibliothek in Örkeljünga, wenn ich mich recht erinnere. Aha, stimmt genau!" sagte er triumphierend und setzte den Zeigefinger auf die erste Seite. „Das liegt schon lange zurück. Das Buch handelt übrigens von alten Automobilen. Seht mal, was für Bilder!"

„Aber sollten Sie nicht lieber die Bücher bald zurückschicken? " meinte Britta vorwurfsvoll.

„Die Bücher abliefern? " Professor Knopp sah aus wie ein ertappter Schuljunge. „Hm — doch, doch, du hast sicher recht. Ich hab' selbst schon oft daran gedacht, aber es ist nie etwas daraus geworden."

Gedankenvoll stieß er ein paar Rauchwolken aus.

„Außerdem sind natürlich eine Menge Bücher darunter, die ich gern behalten hätte. Aber recht hast du, wenn ich es näher bedenke. Man sollte sie vielleicht zurückschicken."

„Ich werde Ihnen packen helfen, Herr Professor, so daß Sie sie gleich absenden können", schlug Britta freundlich, aber bestimmt vor.

„Das ist wirklich nett von dir", freute sich Professor Knopp. „Werde mich daran erinnern, wenn ich es nicht wieder vergesse. Wie sich alle freuen werden, wenn sie ihre Bücher wieder zurückerhalten!"

„Wir kommen morgen und helfen packen", rief Britta.

„Ja, ich komme schrecklich gerne mit!" bekräftigte Ulli.

„Wirklich? Wollt ihr das tun? Sollen wir alle diese feinen Bücher wegschicken? " meinte Professor Knopp zögernd. „Morgen schon? "

„Ulli und ich kommen morgen vormittag herüber. Wir helfen tatsächlich gern!" Britta sagte es mit scharfer Betonung.

„Das ist lieb von euch", antwortete Professor Knopp

zerstreut und fuhr fort, in dem Buch mit den Autos zu
blättern. „Es sind allerdings viele schöne Bücher . . .“
Ulli schaute auf seine Armbanduhr und rief: „Nein,
jetzt müssen wir aber nach Hause, sonst wundern sich
unsere Eltern, wo wir geblieben sind.“
„Ja, das wird das beste sein“, stimmte Professor Knopp
freundlich zu. „Aber ehe ihr geht, meine Freunde,
dürft ihr jeder ein Buch als Geschenk auswählen.“
„Vielen Dank, lieber Professor!“ riefen Ulli und Britta
wie aus einem Munde.
Jeder suchte unter den Büchern, die ihn interessierten.

Ulli nahm sich einen Band aus der Billy-Serie, den er noch nicht gelesen hatte; Britta entschied sich für eine Feriengeschichte. Sie bedankten sich noch einmal, worauf ihnen Professor Knopp freundlich zulächelte.

Als sie an der Haustür standen, sagte er: „An einem der nächsten Abende, wenn es richtig klares und schönes Wetter ist, will ich euch mein Observatorium zeigen, das ich auf dem Dach habe. Und vergeßt, daß wir morgen Bücher einpacken wollen!"

„Was sagen Sie da, Herr Professor Knopp? " fragte Britta.

„Nein, ich meinte natürlich: Ihr sollt es nicht vergessen!" Wieder lächelte er freundlich, als sie sich trennten.

Kaum hatten Ulli und Britta ihre Regenmäntel zu Hause im Flur abgehängt, blätterten sie gleich in ihren neuen Büchern. Plötzlich rief Britta mit vorwurfsvoller Stimme: „Daß ich mir das nicht gedacht habe, lies hier!"

Sie zeigte auf die erste Seite, und Ulli las vor: „Dies Buch gehört Lisa Svensson, 1922."

„Was steht in deinem? " fragte Britta scharf.

Ulli schlug die erste Seite auf und las: „Dies ist Kalles Buch."

„Das ist doch der schlampigste Professor, von dem ich je gehört habe", sagte Britta ehrlich entrüstet.

Ulli aber lachte schallend. Vor Lachen ließ er sich auf den Flurteppich fallen und wälzte sich kichernd hin und her. „Nein", rief er, „ist das vielleicht ein komischer Kerl!"

Und Britta blieb nichts anderes übrig, als mitzulachen.

44

Professor Knopp wird gebraucht

„Wo wart ihr gestern eigentlich?" fragte Frau Andersson am nächsten Morgen, während sie die Tassen auf den Frühstückstisch stellte. „Es goß ja in Strömen, als ihr Hals über Kopf aus dem Hause ranntet."

„Wir haben Professor Knopp besucht", antwortete Ulli und biß in sein Butterbrot.

„Ach, wirklich?" versetzte Frau Andersson erstaunt und drehte sich rasch um, als sie schon halbwegs wieder am Herd war. „So — ihr habt ihn also kennengelernt. Wie kam das?"

„Ja, das war so..." begann Britta, unterbrach sich aber mit einem hastigen Blick auf ihren Bruder.

„Er fragte uns", warf Ulli ein, „ob wir Lust hätten, sein Haus zu besichtigen. Er wolle uns eine Menge interessanter Dinge von seinen vielen Reisen zeigen."

„Ach so", entgegnete Frau Andersson. „Und hat er wirklich?"

„Unmassen", versicherte Ulli. „Spannende, geheimnisvolle Dinge. Das ganze Haus voll. Er hat einen ausgestopften Löwenkopf an der Wand, der fürchterlich aussieht. Und Bücher. Unmengen von Büchern! Der Mann war riesig nett."

„Aber schlampig", warf Britta ein. „Er scheint keine Ordnung halten zu können. Jedenfalls nicht bei seinen Büchern."

„Nun, alle Professoren sollen ja ein bißchen unordentlich sein. Sie haben an zuviel anderes zu denken. Jedenfalls finde ich es nett von ihm, euch einzuladen", meinte Frau Andersson und begann, das Geschirr abzuwaschen. „Er ist jedenfalls kein so langweiliger Peter, wie wir zuerst glaubten, wie? "

„Er ist der spaßigste Kerl, dem ich je begegnet bin", versicherte Ulli und belud ein Knäckebrot mit vier Käsescheiben. „Fußballspielen kann er auch. Er hat mitten ins Ziel getroffen!"

„Stell dir vor, Mama, er liest Mädchenbücher!" rief Britta. „Er hat mehrere Borde voll mit solchen Büchern. Und er sagte, er habe noch viel mehr auf dem Dachboden."

„So, wirklich? " sagte Frau Andersson und fuhr mit der Bürste über einen Teller. „Das hört sich für einen Professor ja recht merkwürdig an! So etwas! Liest er in dem Alter wirklich noch Mädchenbücher und spielt Fußball? Wer hätte das gedacht? "

„Wir wollen ihm heute helfen, Ordnung in alle seine Bücher zu bringen. Das haben wir ihm versprochen", erklärte Britta und schaute von ihrer Tasse auf.

„Wir gehen sofort nach dem Frühstück hin", fügte Ulli hinzu. „Es gibt da viel zu tun. Sicher haben wir den ganzen Tag zu arbeiten."

„Ach", Frau Andersson wandte sich erstaunt zu ihren Kindern um. „Aber wollt ihr nicht lieber draußen in der frischen Luft sein? Es scheint so, als würde sich das Wetter gegen Nachmittag aufklären. Da könntet ihr jedenfalls doch ein wenig nach draußen gehen."

„Mal sehen", entgegnete Ulli, der noch an seinem letzten Bissen kaute. „Diese Arbeit ist wichtig. Ich möchte wissen, was für ein Gesicht sie in der Volksbibliothek Örkeljünga machen werden!"

„Oder was Baron Schrollfüll sagen wird", ergänzte Britta lachend.

Ulli und Britta beeilten sich. Sie waren aus der Küche verschwunden, ehe Frau Andersson sich umgedreht hatte. Kurz danach schlug die Korridortür zu, und die Kinder verschwanden im Nieselwetter dieses Vormittags.

„Örkeljünga, Volksbibliothek!" murmelte Frau Andersson nachdenklich. „Baron Schrollfüll . . . Was die beiden sich da mal wieder zusammenphantasieren!"

Als Ulli und Britta bei Professor Knopp klingelten, erschien niemand, um zu öffnen. Ulli drückte mehrere Male auf den Knopf, aber die Tür öffnete sich nicht.

Da zog er vorsichtig die Türklinke herunter; die Tür war unverschlossen, und die Kinder traten zögernd ein.

„Professor Knopp!" rief Ulli. „Wir sind da!"

Eine ganze Weile standen sie in der Halle und warteten, aber als sich nichts rührte, wagten sie sich weiter hinein und riefen zum zweitenmal: „Professor Knopp! Hallo!"

Wieder lauschten sie lange.

„Komisch!" meinte Ulli. „Gewiß ist er nicht zu Hause. Ob er in die Garage gegangen ist? "

„Still!" unterbrach er sich plötzlich. „Hörst du etwas? "

Britta legte die Hand ans Ohr. Tatsächlich, aus dem Keller drangen sonderbare Geräusche herauf.

Zock! Puff! Tschong! erklang ein schwaches Poltern zu ihren Füßen.

„Vielleicht ist etwas passiert!" rief Ulli. „Ein Unglück — man kann nie wissen. Komm — laß uns die Kellertür suchen, wir müssen hinunter und nachsehen."

Sogleich begannen sie, alle Türen zu öffnen, die von der Eingangshalle abgingen, aber eine Kellertür fanden sie nicht. Als sie die Tür zu einem Zimmer öffneten, das so etwas wie eine Küche darstellte, meinten sie, die eigentümlichen Laute besser zu hören.

„In dieser Richtung muß es jedenfalls sein", vermutete Ulli. Er war seiner Sache jetzt ganz sicher. „Wir öffnen alle Türen hier in der Küche und überzeugen uns."

Schließlich fand Britta die Tür zur Kellertreppe. „Hierher!" flüsterte sie ihrem Bruder zu. „Hier knallt und rumpelt es ganz gehörig."

Leise schlichen die Geschwister die Treppe hinunter. Nach jeder Stufe nahm der Lärm zu: Zock! Puff! Tschong!

Ulli legte die Hände an den Mund und rief: „Professor Kno-opp!"

Sofort hörten die Geräusche auf, und Professor Knopp trat aus einem Raum, der einem Turnsaal glich. „Ah, aha, da seid ihr ja!" begrüßte er sie freundlich. „Ich meinte eben, jemanden rufen zu hören. Ich bin gerade bei meinem Morgentraining. Das Boxen gegen die Sandsäcke donnert so gewaltig, daß ich schlecht höre. Tretet ein. Ich bin gleich fertig."

Ulli und Britta stellten sich in die Tür und blickten sich erstaunt in Professor Knopps Gymnastiksaal um. Klettergestelle nahmen die Wände ein, und von der Decke hingen ein Kletterseil und zwei Ringe herunter, außerdem gab es da einen Sandsack und eine Boxerbirne.

Professor Knopp machte sich wieder an seine Übung, donnerte mit heftigen Schlägen gegen den Sandsack. Nach einigen Minuten ging er mit raschen Schritten zur Boxerbirne hinüber und knallte einige Male tüchtig mit seinen Lederfäustlingen dagegen, um darauf an der Sprossenleiter einige verzwickte Kunststücke auszuführen, die nach Brittas Meinung lebensgefährlich aussahen. Im nächsten Augenblick sprang er schon wieder zu Boden und beschäftigte sich zwei Minuten lang mit einem Springseil, kletterte dann an einem Tau bis unter die Decke hoch und schwang sich zu den Ringen, an denen er langsam fünfzig Armbeugen vollführte, um sich schließlich mit solcher Geschwindigkeit um sich selbst zu drehen, daß es Britta allein vom Zusehen schwindelte. Als er mit den Ringen fertig war, sprang er zu Boden, ging langsam zu einem Tisch und biß kräftig von einem dort liegenden Apfel ab.

Schon in der nächsten Sekunde warf er sich wieder über den Sandsack und traktierte ihn mit heftigen Faustschlägen.

Plötzlich brach Professor Knopp das Training ab, indem er laut „puh" sagte. Er löste die Schnüre seiner Boxhandschuhe, knüpfte die Handschuhe sorgfältig zusammen und hängte sie an die Wand. Schließlich kämmte er sich, und das ohne von den Anstrengungen rascher zu atmen. „Man muß in Form bleiben, wenn man im Dienste der Gerechtigkeit kämpfen will", sagte Professor Knopp und bürstete sorgsam seinen Schnurrbart. „Aber jetzt soll uns das Frühstück schmecken, was meint ihr? Mögt ihr Ei, Tee und Röstbrot? "

„Danke, wir haben schon gegessen", erwiderte Ulli.

„Schade", meinte Professor Knopp. „Aber vielleicht helft ihr mir das Frühstück bereiten, während ich dusche? "

„Wenn wir das können? " sagte Britta ein wenig beunruhigt.

„Ach, mit meiner Maschine ist das keine Kunst", entgegnete Professor Knopp. „Ihr könnt ja lesen, so werdet ihr damit fertig werden. Geht nur hinauf in die Bibliothek und drückt auf den Knopf, der sich unter der Lehne meines Sessels befindet. Das übrige versteht sich dann von selbst. ‚Frida' steht neben dem Knopf — da könnt ihr nicht fehlgehen!"

Ulli und Britta nickten und liefen die Treppe hinauf. Sie fanden den bezeichneten Knopf an der Sessellehne. Nachdem Ulli ihn eine Weile betrachtet hatte, drehte er ihn so, daß er auf „vor" stand.

Anfangs geschah nichts. Verdutzt starrten die beiden den Lehnstuhl an. Wo war denn nun die Maschine eigentlich?

Da hörten sie hinter sich ein Rasseln. Als sie sich umdrehten, bemerkten sie, daß eines der Bücherregale auf verborgenen Rädern ins Zimmer hereinschwenkte; aus der Tiefe aber rollte eine eigentümliche Maschine auf Geleisen über den Boden. Mit einem Ruck hielt sie vor dem großen Tisch, der mitten in der Bibliothek stand.

Zögernd traten Ulli und Britta heran, um sich „Frida" anzusehen. Es war eigentlich ein ziemlich wackliger Teewagen, rot lackiert und an den Ecken mit schwarzen, runden Knöpfen versehen. Auf der Platte lagen Löffel, standen Teetassen, Eierbecher, ein Teekocher daneben; außerdem gab es einen Brotröster und einen Topf zum Eierkochen. Auf der unteren Ablage befanden sich verschiedene Behälter mit einer Anzahl von Hebeln und Knöpfen zum Drehen.

Ulli beugte sich nieder, um sie näher zu betrachten; „Apfelsinenmarmelade" stand über einem Hahn, „Zitronenmarmelade" über einem andern. Bei einem kleineren Hebel fand sich die Aufschrift „Zucker" mit zwei Einstellungen, eine für „Stück", eine für „Streu-". Dicht daneben war ein Knöpfchen für „Salz".

„Also einfach in Gang setzen!" rief Ulli, sich die Hände reibend. Er drückte auf den Knopf für den Teekocher und Britta auf den für den Eierkocher.

„Es müßte auch Brot da sein." Sie suchte auf der Maschine.

„Hier!" rief Ulli und zeigte auf zwei mit Blumen verzierte Keksdosen, auf denen „Mischbrot" und „Knäckebrot" stand. Britta entschied sich für das Mischbrot und schnitt es mit einem Messer auf, das in der Büchse lag.

„Butter", erinnerte sich Ulli. „Zu einem Butterbrot gehört auch Butter, sonst bleibt es nur Brot. Findest du irgendwo ‚Butter'? "

„Hier muß es sein", entgegnete Britta aufgeregt und zeigte auf einen Spalt, über welchem das gesuchte Wort stand.

„Stopf das Brot hinein und laß uns abwarten, was geschieht", meinte Ulli. „Vielleicht verschwindet es, und wir sehen es nie wieder. Die Maschine ißt es selbst auf."

Aber schon nach wenigen Sekunden kam die Scheibe

auf der anderen Seite wieder heraus, obenauf gleichmäßig mit Butter bestrichen.

„Toll, was?" rief Ulli und stopfte eine zweite Scheibe hinein. „So was sollten wir zu Hause haben! Wieviel Zeit könnte man sparen!"

„Damit du deine Schularbeiten gründlicher machen kannst", meinte Britta vielsagend.

„Reich mir auch ein Stück Knäckebrot", bat Ulli, ihren Einwand überhörend. „Jetzt sollst du einen sehen, der Butterbrote am laufenden Band macht."

Sieben Schnitten hatte Ulli schon hineingesteckt, als es Britta gelang, ihren Bruder zu stoppen.

„Und jetzt verzieren wir sie mit Marmelade", erklärte Ulli und zog an dem Hebel mit „Apfelsinenmarmelade". Eine tüchtige Schicht Marmelade häufte sich auf jedem Butterbrot.

„Die Eier kochen und das Teewasser auch", rief Britta erschrocken.

„Ach, das ist ja der Sinn des Ganzen", rief Ulli ärgerlich; er war bei Brittas Ausruf so überrascht, daß er versehentlich den Zuckerhebel drehte und plötzlich fünf Zuckerstückchen auf seinem Butterbrot liegen hatte.

„Was mag das hier sein?" fragte Britta und zeigte mißtrauisch auf eine Rolle, die an einem Ende des Teewagens saß und an einer Seite eine Kurbel hatte. Ulli drehte ein paarmal, und sofort rollten zwei Servietten heraus.

„Phantastisch!" rief Ulli beeindruckt.

Als der Professor in die Bibliothek kam, war der Frühstückstisch fertig gedeckt.

„Das wird schmecken", meinte er zufrieden. „Ich sehe, daß ihr dank meiner ‚Frida' gut damit fertig geworden seid."

„O ja, es ging ausgezeichnet", erwiderte Ulli.

„Es machte sogar richtig Spaß", fügte Britta hinzu. „Nie hätte ich gedacht, daß Essen bereiten so viel Freude machen kann."

„Da sieht man's, da sieht man's!" Professor Knopp lachte und putzte sorgsam seine Brillengläser. Dann setzte er sich an den Tisch und begann, die Eier mit dem Löffel zu bearbeiten. Er aß etwas und nippte am Tee, worauf er mit der Serviette den Mund abwischte und sich im Stuhl zurücklehnte. Er machte plötzlich ein sehr ernstes Gesicht. „Meine lieben Freunde", sagte er bedeutungsvoll. „Es tut mir leid, sagen zu müssen, daß wir heute die Bücher doch nicht einpacken können. Die Volksbibliothek in Örkeljünga muß sich noch etwas gedulden."

„Warum?" fragte Britta und blickte den Professor mißtrauisch an. „Deswegen sind wir doch heute hier!"

„Ich kann zu meinem großen Bedauern nicht mitarbeiten", entgegnete Professor Knopp, „weil ich heute morgen einen wichtigen Anruf aus Stockholm bekommen habe. Es war mein alter Freund, Kommissar Benson, dem einige kleine Dienste zu erweisen ich hier und da das Vergnügen hatte. Er war vollständig gebrochen, sprach nur unter Anstrengung mit schwacher Stimme, so daß ich ihn am Telefon kaum verstehen konnte. Leider knatterte mein Apparat dauernd. Dennoch habe ich genügend verstanden. Das National-

museum ist Opfer einer heimtückischen Diebstahlsserie geworden. Bis jetzt hat die Polizei auch nicht die kleinste Spur entdeckt. Keine Fingerabdrücke, keine Fußspuren, kein vergessener Überzieher – einfach nichts! Hier muß es sich um abgebrühte Verbrecher der schlimmsten Sorte handeln. Auf die inständige Bitte des Kommissars hin habe ich mich entschlossen, nach Stockholm zu reisen, um diese schlimmen Serieneinbrüche aufzuklären. Ich denke, daß ich diese Burschen rasch einkreisen und binnen zwei Tagen gegen sie losschlagen kann. Vielleicht geht es auch schneller. Ich halte es für meine Pflicht, dieses unglaubliche Knäuel von Diebstählen zu entwirren. Auch gegenüber Kommissar Benson fühle ich mich verpflichtet. Er ist ein so liebenswürdiger Mensch. Seit elf Tagen kommt er nicht mehr dazu, in Ruhe sein Abendblatt zu lesen. Bei einem solchen Notruf kann man nicht gleichgültig bleiben und die Hände in den Schoß legen! – Ich werde heute nachmittag mit meinem Flugzeug ‚Albert' abreisen, und zwar pünktlich fünfzehn Uhr vierzig von der Wiese hinter der Garage. Da versteht ihr sicher, daß es mir heute unmöglich ist, die Pakete zu packen. Ich muß noch das Laub aus dem Frischluftschacht der Maschine entfernen und die Kabine lüften, die noch nach Seehund riecht. Es tut mir wirklich leid, aber die Pflicht geht vor, wie ich immer zu sagen pflege."

Professor Knopp biß bekümmert in sein Knäckebrot. Tiefe Stille legte sich über den Tisch, die nur von Professor Knopps knirschenden Zähnen unterbrochen wurde. Er kaute sein Knäckebrot mit sonderbarer Feierlichkeit, wie die Kinder noch nie jemanden hatten essen sehen. Mit steigender Spannung waren sie seinem Bericht gefolgt. Jetzt erhob sich Ulli und sagte eifrig zu Professor Knopp: „Ach, diese Bücher können warten, da ohnehin jeder die Hoffnung aufgegeben hat, sie je wiederzusehen. Aber wie wäre es, wenn Britta und ich heute nachmittag mit nach Stockholm kämen? Wir haben ja Ferien, und hier in Klockköping passiert nie etwas Spannendes!"

„Mitkommen nach Stockholm?" rief Professor Knopp so heftig, daß er sich verschluckte und husten mußte. „Kinder", fuhr er ernst fort und legte den Eierlöffel hin, als er sich beruhigt hatte. „Dies hier ist ein außerordentlich gefährlicher Auftrag. Die Diebe sind verschlagene Burschen, mit denen nicht zu spaßen ist. Es kann Streit geben, vielleicht auch Schlägerei. Unter Umständen muß ich hart zupacken. Es kann auch eine Verfolgung mit Autos geben; oder wir müssen über Dächer klettern, müssen mit schnellen Booten unter den vielen Brücken Stockholms hindurchflitzen. Es kann Attentate geben, Hetzjagden, halsbrecherische Balanceakte über entsetzliche Abgründe, vergiftete Pfeile und Überfälle! Stromschnellen müssen überwunden werden! Kampf auf Leben und Tod, möglicherweise mit geworbenen Boxern; nächtliche Luftfahrten mit gedrosselten Motoren, Fallschirmabsprünge über unbekanntem Gelände, Flucht Hals über Kopf in gestohlenen Straßenbahnwagen! Reiten auf scheuenden Pferden über schlechte Waldwege, Kletterpartien an senkrechten Bergwänden, Eisenbahnfahrten mit führerloser Lokomotive, Flucht vor rasenden Stieren, Verhaftungen und zuletzt Gefängnis. Das alles kenne ich zur Genüge!" Professor Knopp holte tief Atem und sann eine Weile nach. „Aber wenn ich es genauer bedenke, so machte euch vielleicht ein Rundgang durch das Museum Spaß", sagte er zögernd und nahm einen Löffel Ei.

„Ja — und der Skansenpark mit all den Tieren und das Tivoli!" rief Britta begeistert.

Professor Knopp nickte und meinte: „Etwas wird ja noch von den berühmten Sammlungen übriggeblieben sein. Und was verschwunden ist, werde ich wiederfinden, so daß ihr auch das noch zu sehen bekommt. Und wie gesagt, Skansenpark wäre nicht schlecht: das Affenhaus, Klein-Skansen, die Lappenkote, das Brotbacken und dergleichen mehr. Also bei näherem Nachdenken . . ."

„Ach ja, lieber Herr Professor Knopp! Dürfen wir mit?" riefen Ulli und Britta durcheinander.

„Von mir aus dürft ihr gerne mit", antwortete Professor Knopp freundlich. „Nur müßt ihr erst eure Eltern fragen. Eins versprecht mir schon jetzt: Ihr müßt immer tun, was ich sage, sonst könnte es gefährlich für euch werden. Ich wünsche, daß ihr abends rechtzeitig zu Bett geht, und ihr dürft nie allein über die Straße gehen oder versuchen, mit dem Fahrstuhl zu fahren, ohne daß ich dabei bin. Man weiß nie, was passieren kann. Und nicht mehr als drei Eis am Tag essen, hört ihr?"

„Das versprechen wir!" riefen Ulli und Britta und sprangen begeistert von den Stühlen. Britta lief zu Professor Knopp und gab ihm einen Kuß, während Ulli ruhig herantrat und ihm fest die Hand drückte. Dabei sahen sie sich in die Augen, ohne ein Wort zu sagen.

„Jetzt solltet ihr heimgehen, um zu hören, was eure Eltern dazu sagen", meinte Professor Knopp, nachdem die kleine Zeremonie überstanden war. „Wenn sie es erlauben, dann treffen wir uns am Flugzeug auf der Wiese hinter der Garage um fünfzehn Uhr fünfunddreißig. Abreise Punkt fünfzehn Uhr vierzig!"

„Wir werden pünktlich zur Stelle sein", versicherten die Kinder.

„Aber wie ist das, Herr Professor", fügte Ulli zweifelnd hinzu, „dürfen wir sagen, daß wir mit dem Flugzeug fliegen?"

Professor Knopp dachte nach und rauchte eine Weile

schweigend. „Es wird das beste sein", meinte er. „Aber bittet eure Eltern, nicht weiterzuerzählen, daß ich ein Flugzeug besitze. Es braucht nicht jeder in Klockköping zu wissen. Dann gäbe es nur unnützes Gerede."

Ulli und Britta gaben ihr Wort darauf.

„Dann fort mit euch und fragt zu Hause", sagte Professor Knopp. „Und seid pünktlich!"

„Ganz bestimmt", riefen Britta und Ulli und liefen so eilig hinaus, daß sie sich bei der Haustür gegenseitig behinderten.

Frau Andersson saß im Wohnzimmer und nähte. Ulli und Britta stürmten herein. „Mama, dürfen wir mit Professor Knopp nach Stockholm?" rief Ulli hastig. „Er besitzt ein blaues Flugzeug, das ‚Albert' heißt. Er hat versprochen, daß wir mit nach Stockholm dürfen, um Skansenpark zu besuchen und das Tivoli und die berühmten Sammlungen im Nationalmuseum."

Frau Anderson schaute von ihrer Näharbeit auf. „Mit Professor Knopp nach Stockholm? In einem blauen Flugzeug, das ‚Albert' heißt?" fragte sie lächelnd.

Herr Andersson, der in seinem Sessel saß und wieder in der Zeitung blätterte, schaute über den Rand seiner Brille und antwortete: „Natürlich hat Professor Knopp ein blaues Flugzeug, das ‚Albert' heißt, und ihr dürft gerne mit ihm nach Paris fliegen, wenn ihr wollt!"

„Aber wir wollen nicht nach Paris, sondern nach Stockholm!" verbesserte Britta eifrig.

„Er soll eine ziemlich verwickelte Diebstahlsgeschichte aufklären, was Kommissar Benson nicht fertigbringt.

Aber wir haben dem Professor versprochen, abends zeitig zu Bett zu gehen und auch nicht allein über die Straße zu laufen", rief Ulli begeistert.

Frau Andersson blickte ihre Kinder lächelnd an: „Natürlich dürft ihr mitfliegen", sagte sie freundlich. „Paßt nur auf, daß ihr zum Essen wieder da seid!"

„Aber das können wir doch nicht", entgegnete Britta unruhig. „Dann sind wir ja in Stockholm."

Frau Andersson lächelte noch immer. „Nun ja, es wird schon gehen", meinte sie heiter und nahm ihre Näharbeit wieder auf.

„Fein!" – „Prima!" riefen Britta und Ulli beinahe gleichzeitig. Vor Freude hüpften sie wild im Zimmer herum. „Jetzt müssen wir nach oben und packen!"

Herr Andersson sah seine Frau über die Brille hinweg an und bemerkte: „Was für Phantasien!"

Frau Andersson schüttelte amüsiert den Kopf, und ihr Mann kehrte zu seiner Lektüre zurück.

Punkt fünfzehn Uhr vierzig erscholl ein fürchterliches Donnern von der Wiese her, die hinter Professor Knopps Garage lag. Herr Andersson legte die Zeitung beiseite und trat ans Fenster, um hinauszusehen.

„Was war das?" fragte Frau Andersson, ohne von der Arbeit aufzuschauen.

„Eine große, weiße Wolke auf der Wiese hinter Professor Knopps Garage", antwortete ihr Mann. „Vielleicht sprengen sie da. Am Himmel sehe ich einen blauen Punkt, der immer kleiner wird", fuhr er fort. „Es sieht wie ein Flugzeug aus."

„Ein blaues?" fragte Frau Andersson. „Haben die Kinder nicht davon phantasiert?"

60

Herr Andersson verließ das Fenster und setzte sich wieder hin.

„Ja, ja, schon möglich", erwiderte er abwesend, indem er seine Zeitung aufnahm und erneut zu lesen begann. Nach einer Weile blickte er über seine Brille hinweg und sagte nachdenklich zu sich selbst: „Ein blaues Flugzeug, das ‚Albert' heißt! — Ach, dummes Zeug", fügte er murmelnd hinzu und kehrte zu seiner Zeitung zurück . . .

„Wieder haben sie im Briefmarkenautomaten von der Post eingebrochen", teilte er seiner Frau nach einer Weile mit. „Drei Rollen Briefmarken wurden gestohlen."

„Was sind das für Zeiten, in denen wir leben", seufzte Frau Andersson und dachte: Jetzt muß ich gelbes Seidengarn nehmen!

Eine Frau Molin taucht auf und stößt einen Schrei aus

„Albert" donnerte im Himmelsraum dahin. Das sonderbare Ungetüm hinterließ einen Kondensstreifen, der sich wie ein gerader Kreidestrich über dem blauen Samt hinwegzog; unbeirrt und mit unverminderter Geschwindigkeit flog „Albert" im 440-Kilometer-Tempo, nahm Kurs auf die schöne Hauptstadt Stockholm. Hätte ein unbeteiligter Zuschauer die Insassen des

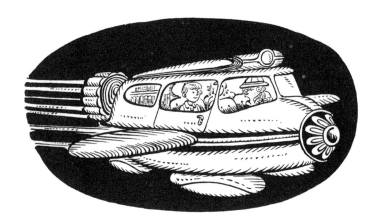

Flugzeuges durch das Kabinenfenster beobachten können, hätte er folgendes festgestellt. Ganz vorn saß ein Flugzeugführer – ein Mann mit Tropenhelm auf dem Kopf. Sein Blick hinter dicken Brillengläsern: scharf und durchdringend. Dazu ein starker Schnurrbart, der für sich schon einen zielbewußten Eindruck machte. Ein Mann, der unbeweglich am Steuerknüppel saß und das Flugzeug mit fester Hand steuerte. Nur hin und wieder warf er einen raschen Blick – für Sekunden – auf das Instrumentenbrett, an dem unaufhörlich kleine grüne, blaue und rote Lampen aufblinkten, Zeiger in Bewegung waren, Quecksilbersäulen auf den Skalen auf und nieder glitten, winzige Uhrwerke tickten, Manometerzeiger auf gefährlich hohen Werten zitternd verweilten und kleine Glocken unablässig klingelten. Das letzte bedeutete, daß das Teewasser kochte. Der Flugzeugführer, der nur gleichgültige Blicke auf alle diese Instrumente warf, nahm in Ruhe einen Keks aus der Schachtel, die neben ihm stand, starrte dann wieder unverwandt geradeaus und ließ sich von keinerlei Gefahr beirren. Nur wenn eine rote Lampe allzu heftig blinkte, beugte er sich vor und zog kräftig am Steuerknüppel. Darauf nahm er wieder seine leichtgebeugte Pilotenhaltung ein. Unberührt führte er die Maschine durch dichte Luftmassen, Wolken, Gewitterböen und Wirbelstürme.

Auf den beiden Rücksitzen hinter ihm saßen ein zehnjähriger Junge und daneben ein zwölfjähriges Mädchen, die beide aus den Seitenfenstern der Kabine schauten. Dabei schwatzten sie, zogen sich gegenseitig am Ärmel, um einander auf die Sehenswürdigkeiten auf der Erde aufmerksam zu machen. All dies hätte ein unbeteiligter Zuschauer beobachten können.

Es waren Professor Knopp und seine beiden Begleiter Ulli und Britta, die sich mit einem gefährlichen Auftrag auf dem Weg nach Stockholm befanden.

Die Kinder redeten unaufhörlich, während Professor Knopp seine ganze Aufmerksamkeit auf die vor ihm liegende Aufgabe richtete. Nur hin und wieder äußerte er wenige Worte, zum Beispiel: ,,Ach, sei so lieb und setz das Teewasser auf, Britta!" oder: ,,Die Uhr klingelt, das Teewasser kocht!" und: ,,Zwieback ist in dem blauen Gefäß!" Und dergleichen mehr.

Während Ulli und Britta, jeder mit einer Teetasse auf den Knien, hoch oben in der Luft unbekannten Abenteuern entgegenflogen, streifte Ullis Blick zufällig die zerschlissene Jacke, die Professor Knopp trug. Vor dem Start hatte der Professor seinen Rock ausgezogen und gegen die alte Jacke getauscht, die er in seiner Kabine verwahrte. „Ich ziehe sie immer an, wenn ich fliege", hatte er gesagt, nachdem er zuerst den Kopf durch ein gewaltiges Loch im Ärmel gesteckt hatte. „Die Jacke ist leicht und bequem und verursacht nur wenig Luftwiderstand."

Jetzt schaute Ulli, wie gesagt, näher hin und entdeckte ziemlich verwaschene Buchstaben auf dem Rückenteil. Sich vorbeugend las er: „NEWSBRIDGE FC".

Was das wohl bedeutet? dachte Ulli und tauchte einen Zwieback in seinen Tee. Vielleicht ein Reklamerock? Jedenfalls hat er seine beste Zeit schon hinter sich.

Britta, die sich in der Kabine näher umschaute, besah sich die Bücherreihen, die hinter ihnen auf den Borden standen. „Also auch hier hat er eine Menge Bücher", bemerkte Britta halblaut zu Ulli. „Merkwürdige Bücher sind das, sage ich dir."

Britta las die Buchrücken und schüttelte den Kopf. Solche komischen Bücher würde sie nicht einmal für Geld lesen mögen. „Eine Menge Bücher haben Sie da in Ihrem Flugzeug, Herr Professor!" rief sie durch das Donnern der Motoren.

„Das will ich meinen", schrie Professor Knopp zurück. Plötzlich fiel Britta etwas ein. „Gehören alle diese Bücher Ihnen?" fragte sie scharf.

Professor Knopp zögerte mit der Antwort. Britta bemerkte, daß seine Ohren rot anliefen.

„Ja, doch..." erwiderte er zögernd. „Vielleicht nicht alle, aber die meisten jedenfalls..."

„Das habe ich mir gedacht!" tutete Britta ihm in die Ohren. „Dann bekommen wir also nach der Heimkehr noch mehr zu tun."

Professor Knopp nickte stumm, ohne sich umzusehen. Er schien in der Tat ein wenig betroffen zu sein. Seine Ohren waren dunkelrot geworden. Nach einer Weile schrie er nach hinten: „Aber das Lexikon gehört jedenfalls mir!"

Das Lexikon! Ulli drehte sich um und erkannte es sofort an seinem dicken Rücken. Ein Lexikon? Warum nicht aufschlagen, was er auf Professor Knopps Jacke las? – „NEWSBRIDGE FC".

Mit Mühe gelang es Ulli, das umfangreiche Buch herunterzuholen. Die Teetasse hatte er zu diesem Zweck auf den Boden gestellt. Nun legte er das dicke Buch auf seine Knie und begann darin zu blättern. Als er das Wort „NEWSBRIDGE FC" gefunden hatte, las er, was darunter stand. Erst einmal, dann ein zweites Mal, und schließlich sagte er: „Beim Bart des Propheten, nicht übel!" Er hielt das Buch mit der aufgeschlagenen Seite seiner Schwester hin. Britta beugte sich vor und las laut:

„NEWSBRIDGE FC
englischer Fußballklub, gegründet 1907. Die Glanzzeit des Klubs fiel in die Jahre 1914–1920, als Newsbridge sieben Jahre hintereinander den Pokal gewann. Die Erfolge des Klubs in diesen Jahren sind dem legendären, phänomenalen Mannschaftskapitän Konrad E. Knopp zuzuschreiben, der hier auf dem Bild zu sehen ist. Knopp sollte daraufhin von der englischen Königin geadelt werden, aber aus unbekannten Gründen lehnte Knopp diese Ehrung ab."

Ulli und Britta beugten sich tief über das Buch, um sich das Bild anzusehen. Kein Zweifel, es war Professor Knopp, allerdings in jüngeren Jahren. Sein Schnäuzer

sah auf dem Bild anders aus. Hier trug er außerdem noch Koteletten. Aber man konnte deutlich erkennen, daß es Professor Knopp war. Die Brille, die Form seiner Nase, die stolze Haltung, alles stimmte genau.

Ulli klappte das Buch zu und stellte es wieder auf das Bücherbrett. Er hustete ehrerbietig einige Male und überlegte, wie er Professor Knopp anreden sollte, mit „Professor" oder „Herr Kapitän"? Unsicher fühlte er sich zudem auch, denn wie konnte er es wagen, mit Professor Knopp über Fußball zu sprechen? Gehörte er doch nur zur Reservemannschaft der Junioren.

Professor Knopp unterbrach diese Überlegungen, indem er plötzlich nach hinten rief: „Was meint ihr zu Bockwurst und Brötchen in dem Städtchen Trosa?"

„Das wäre prima!" rief Ulli freudig durch den Motorenlärm.

„Aber wo sollen wir in Trosa landen? " erkundigte sich Britta.

„Wir gehen auf dem Fluß nieder. Das Flugzeug ist, wie ihr wißt, mit Pontons ausgerüstet!" gab Professor Knopp zurück. „Schnallt euch an und stellt die Teetassen weg. Wir setzen zur Landung an!"

Ulli und Britta gehorchten. „Albert" kehrte die Nase zur Erde und stieß mit donnernden Motoren durch die Wolkendecke. Plötzlich zerstreuten sich die Wolken, und Ulli und Britta sahen eine Meeresbucht unter sich, die sich mit rasender Geschwindigkeit näherte. Sie passierten kleine belaubte Inseln, während sich das Flugzeug immer schneller senkte. Die Pontons schlugen klatschend auf, so daß das Wasser nach allen Seiten spritzte. Professor Knopp kümmerte sich nicht darum. Er steuerte gleichmütig auf die Mündung des Trosaflusses zu. Wie ein Rennboot sausten sie dahin; das Wasser schäumte. Vorbei ging es an Bootshäusern, kleinen Werften und Lagerschuppen, bis sie in den schmäler werdenden Fluß gelangten. Die Wellen schlugen heftig gegen das Bollwerk, aber Professor Knopp fuhr mit unverminderter Geschwindigkeit mit seinem „Albert" flußaufwärts.

„Ich glaube, der Wurststand liegt oben am Markt", rief er durch den Lärm. „Wir legen an der großen Brücke an!"

Im gleichen Augenblick, als Professor Knopp dies äußerte, durchschnitt ein Schreckensschrei die Luft und übertönte das Motorendonnern. Blitzschnell richtete Professor Knopp sein Augenmerk auf das rechte Ufer, von dem der unheimliche Schrei gekommen war. Schließlich entdeckte er im Rückspiegel eine ältere, hochgewachsene Dame, die in einem geblümten Kleid am Ufer stand und einen Hut trug, der mit kleinen, künstlichen Vögeln verziert war. Das Kleid hing ihr schlaff und naß um den Leib, und die Vögel auf dem Hut machten einen ziemlich zerrupften Eindruck. Augenscheinlich hatte die Frau etwas von der Bugwelle der Maschine mitbekommen.

Die Dame schien schlechter Laune zu sein, genauer gesagt, sie befand sich in allerschlechtester Laune.

Sofort drosselte Professor Knopp den Motor und warf das Steuer herum. „Albert" glitt auf das rechte Ufer zu, legte sich brav längsseits. Ulli und Britta, die ruhig auf dem Rücksitz geblieben waren, beobachteten Professor Knopp, während er sich wortlos im Rückspiegel das Haar kämmte und, nachdem er sich leicht geräuspert hatte, die Kabinentür öffnete. Ulli und Britta kurz zunickend, kletterte er ans Ufer und ging mit raschen Schritten auf die durchnäßte Dame zu.

Professor Knopp nahm den Tropenhelm ab, hielt ihn vor die Brust und stellte sich mit einer leichten Verbeugung vor: „Mein Name ist Professor Knopp. Ich bitte um Entschuldigung."

„Aber ich bin naß bis auf die Haut!" rief die Dame ärgerlich.

„Es war wirklich nicht meine Absicht..." erwiderte Professor Knopp.

„Pitschnaß!" rief die Dame und betrachtete ihr Kleid mit mißvergnügtem Gesicht.

„Nur durch einen unglücklichen Zufall . . ." sagte der
Professor, von einem Fuß auf den andern tretend.

„Durch und durch naß!" bemerkte die Dame und
wrang das Wasser aus dem Saum ihres Kleides. Auch
von ihrem Hut tropfte es herab.

„Ich bitte vielmals um Entschuldigung . . ." verbeugte
sich Professor Knopp.

„Ich bin ja naß wie ein Hering", meinte die Dame und
schaute Professor Knopp hilflos an.

Dieser setzte langsam seinen Tropenhelm wieder auf
den Kopf und hustete leicht. Darauf blickte er die
pitschnasse Dame eine Weile schweigend an. Dann sah
er sich um, bemerkte ein Schild mit der Aufschrift:

Sodann fiel sein Blick auf ein Fischerboot, das am Ufer lag. Seesichere Boote, dachte Professor Knopp, und eine schöne Stadt, dieses Trosa. Mit Wäldern umgeben, idyllisch — ein hübscher Ferienort! Ein guter und geschützter Hafen, ausgezeichnete Pensionen.

„Ich wollte mit dem Bus nach Stockholm fahren", jammerte die nasse Dame und sah Professor Knopp unglücklich an. „Meine Ferien wollte ich dort verleben! Und jetzt bin ich durchnäßt."

Professor Knopp fuhr zusammen, wie aus einem Traum erwacht. Er nahm seinen Tropenhelm wieder ab, drückte ihn gegen die Brust, verbeugte sich und sagte unter tiefem Mitgefühl: „Es tut mir außerordentlich leid."

„Ich bin pitschnaß", betonte die Dame.

Professor Knopp stand regungslos, gleichsam in Gedanken versunken. Plötzlich schien er sich zu besinnen. Sich erneut verbeugend, fragte er: „Ich bitte um Nachsicht, aber mit wem habe ich die Ehre? "

Die Dame im geblümten Kleid nahm ihren Hut ab und drehte ihn um. Eine beträchtliche Menge Wasser floß von der Krempe herab und bildete eine kleine Pfütze zu ihren Füßen. Dann setzte sie den Hut langsam und umständlich wieder auf den Kopf. Unterdessen stand

Professor Knopp unbeweglich vor ihr, kniff die Augen zu, hielt den Tropenhelm vor die Brust.

„Witwe Hortensia Molin", antwortete die Dame kurz.

Professor Knopp verbeugte sich. „Gestatten Sie mir eine Frage. Würden Sie mir die Ehre erweisen, Frau Molin, und in meinem Flugzeug nach Stockholm mitfliegen? Für diesen Fall — wenn Sie die Freundlichkeit und das Wohlwollen hätten, mein Angebot anzunehmen, ließen sich Kleid und Hut mit Leichtigkeit trocknen."

„Ach", meinte Frau Molin. „Und wie sollte das vor sich gehen? "

„Wenn Sie, Frau Molin, so gütig wären, Ihre Kleidung zu wechseln, so könnten wir das nasse Kleid und den Hut vor das Flugzeug hängen, so daß der starke Windzug während der weiteren Luftreise nach Stockholm alles trocknen kann. Sie erhalten dann Ihr Zeug im ursprünglichen Zustand zurück."

„Ach? Wirklich? " meinte Frau Molin zweifelnd.

„Es wäre mir eine große Freude, wenn Sie mir die Ehre erweisen wollten", versicherte Professor Knopp mit einer erneuten Verbeugung.

„So? Na, dann gehe ich wohl heim, um mich umzuziehen und meine Koffer zu holen", erwiderte sie.

„Sie erweisen mir eine große Ehre", wiederholte Professor Knopp. „Ich bin Ihnen aufrichtig dankbar, wenn ich dies Mißgeschick wieder gutmachen darf. In der Zwischenzeit werden ich und meine Freunde, die dort im Flugzeug sitzen, eine heiße Wurst essen. Ich verlasse Sie jetzt unter aufrichtigen Entschuldigungen und sehe einem baldigen, sehnlichst erhofften Wiedersehen entgegen. Noch einmal: meine aufrichtige Entschuldigung!"

Professor Knopp zog sich rückwärts, unter wiederholten Verbeugungen, in Richtung Flugzeug zurück. Dann drehte er sich plötzlich um, stülpte den Tropenhelm auf den Kopf und ging mit raschen Schritten auf die unruhig wartenden Kinder zu.

Frau Molin schickte dem Professor einen erstaunten Blick nach und bog dann in eine Quergasse ein. Noch mehrmals drehte sie sich nach Professor Knopp um.

Ulli und Britta saßen mit dem Professor in der Kabine und aßen Bratwürstchen, als Frau Molin zurückkehrte.

Ulli entdeckte sie als erster auf dem Kai. Jetzt hatte sie ein kariertes Kleid angezogen. Neben ihr stand ein zweirädriger Schubkarren, auf dem drei große Koffer lagen. Auch eine Tretnähmaschine war dabei.

Als Professor Knopp sie entdeckte, hörte er auf, an seiner Wurst zu kauen. Mit starrem Blick schaute er auf die Schubkarre, stopfte dann den letzten Bissen in den Mund und kletterte aus der Kabine.

„Hier bin ich also", sagte Frau Molin, die jetzt frisch und munter aussah.

„Herzlich willkommen", versicherte Professor Knopp und nahm den Tropenhelm ab.

„Und hier ist mein Gepäck." Frau Molin zeigte auf die Schubkarre. „Ich wollte gerne die Nähmaschine mitnehmen. Abends ist immer ein wenig Zeit dafür übrig."

„Da haben Sie ein wahres Wort gesagt", pflichtete Professor Knopp bei.

„Und hier sind Kleid und Hut", sagte Frau Molin und zog das nasse Zeug aus einer Tasche.

„Gestatten Sie, daß ich es persönlich nach draußen hänge", erbot sich Professor Knopp und kletterte auf das Dach der Maschine, um das Kleid über den Scheinwerfer zu streifen. Den Hut mit den Vögeln befestigte er vor der Lüftungsklappe.

Es erwies sich als ziemlich schwierig, das ganze Gepäck in der Kabine unterzubringen, aber schließlich gelang es Professor Knopp doch. Die Koffer mußten Ulli und Britta auf den Rücksitz nehmen. Es wurde zwar eng, aber es ging. Die Nähmaschine fand zwischen Professor Knopp und Frau Molin Platz, die den zweiten Vordersitz eingenommen hatte. Leider zeigte es sich kurz nach dem Start, daß eine der Nähmaschinenschubladen unverschlossen war; sie glitt heraus und schlug Professor Knopp jedes Mal gegen den Kopf, wenn das Flugzeug eine Kurve nach links machte. Das Problem wurde unterdessen so gelöst, daß Britta und Ulli für den Rest der Fahrt abwechselnd den Daumen auf die Schublade halten mußten.

„Wie gut das geklappt hat!" rief Frau Molin durch den Motorenlärm und sah Professor Knopp durch das Rad ihrer Nähmaschine hindurch an. „Und dabei bin ich noch nie geflogen! Hei, wie das geht!"

„Es freut mich, das zu hören", rief Professor Knopp zurück.

Ulli und Britta wurde es auf dem Rücksitz fast zu eng. Außerdem machte ihr Daumen, der die Schublade hielt, nicht mehr mit. Er wurde rasch taub, und daher mußten sie immerfort abwechseln.

Zufällig warf Ulli einen Blick aus dem Kabinenfenster, an dem gerade ein riesiger Vogel vorbeischwebte.

„Habt ihr gesehen? " rief er. „Das war einer von jenen gewaltigen Vögeln, die wir in Ihrem Vogelbuch gesehen haben, Herr Professor! Ganz nahe am Fenster flog er vorbei."

„Ein Kondor? " fragte Professor Knopp.

„Ach, den gibt es ja nur im Süden", antwortete Britta.

Der Professor warf einen unruhigen Blick auf das Instrumentenbrett. „Sollten wir so sehr vom Kurs abgekommen sein? " sagte er ärgerlich.

„Haha, ich glaube, es war eine Elster", lachte Britta.

„Stimmt genau, eine Elster war es", sagte Ulli.

„Gott sei Dank!" murmelte Professer Knopp. Sein Blick wurde wieder fest und ruhig wie zuvor.

„Hei, wie das geht!" schrie Frau Molin.

„Es freut mich, zu hören, Frau Molin, daß Sie die Fahrt genießen", versicherte Professor Knopp nochmals. „Wir nähern uns jetzt Stockholm und landen in Kürze auf dem Strom, gleich hinter der Strombrücke. Wir legen bei der Schiffsbrücke in der Altstadt an. Ich schlage vor, daß wir zuerst ins Hotel ‚Zum weißen Schwan' gehen, das ist ein nettes und ordentliches Haus!"

„Albert" senkte sich rasch. Professor Knopp zog eine Extrakurve über dem Tierpark, passierte „Skansen", zeigte den Kindern von oben das Nationalmuseum, bog dann ein über die Vorstadt Östermalm, flog über die Wolkenkratzer des Heumarkts, über den Hauptbahnhof und landete schließlich auf dem Nordstrom, gleich hinter dem Reichstagsgebäude.

Das Wasser zischte brausend unter den Pontons, als die Maschine am Schloß vorbei auf die Schiffsbrücke zusteuerte. Sodann legte der Professor am Kai an und vertäute „Albert" an einem Polder.

„Hei, wie das ging!" rief Frau Molin zum drittenmal. Höflich half ihr Professor Knopp aus dem Flugzeug, worauf sich auch Ulli und Britta beeilten, an Land zu kommen, um die Beine zu strecken.

Geschwind hob Professor Knopp das Gepäck heraus und holte das Kleid vom Dach. Mit dem Hut hatte Ulli, der dabei half, allerdings seine Last, als er ihn von der Lüftungsklappe nehmen wollte, denn der Wind hatte ihn ein tüchtiges Stück hineingedrückt.

„Es ist mir eine Freude, Ihnen mitteilen zu dürfen, Frau Molin, daß das Kleid vollständig trocken ist!" bemerkte Professor Knopp befriedigt und überreichte das geblümte Kleid mit einer höflichen Verbeugung.

„Oh, mein Hut!" rief Frau Molin, als sie ihn in Ullis Hand sah. „Die Vögel sind weg. Ach, sie zierten ihn so hübsch!"

Professor Knopp betrachtete unter verbissenem Schweigen Frau Molins Hut. Schließlich sagte er: „Es tut mir von Herzen leid. Darf ich mir erlauben, persönlich einige entsprechende Vögel für Ihren Hut einzukaufen? "

„Ach, Herr Professor Knopp — Sie sind ein Gentleman!" rief Frau Molin voller Bewunderung.

Professor Knopp nahm seinen Tropenhelm ab. „Ja, Frau Molin", erwiderte er bescheiden. Danach hob er sich die Nähmaschine auf die Schulter und ging raschen Schrittes in Richtung des Hotels „Zum weißen Schwan" davon, gefolgt von Frau Molin, Ulli und Britta.

Wirklich ein verwickelter Fall

„Müßte er nicht schon hier sein? " murmelte Kommissar Benson vor sich hin und schaute unruhig auf die Uhr. „Wir sagten, um zehn Uhr in der großen Halle des Museums. Nun, es fehlen in der Tat noch einige Minuten, wie ich sehe. Professor Knopp ist ja bekannt für seine Pünktlichkeit."

Kommissar Benson trottete unruhig in der Halle auf

und ab. „Was für eine verwickelte Diebstahlgeschichte", murmelte er wieder. „Welch durchtriebene Verbrecher müssen da am Werk gewesen sein! In meinem Bezirk! Peinlich, peinlich. Aber jetzt wird sich Professor Knopp der Sache annehmen. Versprochen ist versprochen! Es wird alles in Ordnung kommen."

Kommissar Benson blieb vor einer Glasvitrine mit Orden stehen. Oder besser, es waren Orden darin gewesen. Ärgerlich knurrte er zwischen den Zähnen: „Der ägyptische Mohammed-Ali-Orden verschwunden, der japanische Krysantemum-Orden verschwunden, der äthiopische Salomon-Orden weg. Der jugoslawische Kara-Georgs-Sternorden — putzweg! Unerhört durchtrieben. Und keine Spuren! Wie soll man solche schweren Fälle lösen, wenn man nicht die geringste Spur hat?"

Kommissar Benson fiel in tiefe, schwermütige Gedanken. Plötzlich fuhr er zusammen und seufzte. Mit schwerem Schritt ging er zum nächsten Schaukasten. Die Hände auf dem Rücken, betrachtete er lange das leere Glasgehäuse.

„ ‚Säbel mit orientalischer Klinge' ", las er. „ ‚Gabe von Adalbert von Knifftoll. Griff mit Rubinen und Silber.' Auch weg! ‚Kammerpistole mit Bolzen, datiert 1875. Wahrscheinlich Geschenk des französischen Gesandten Henri de Filidor.' Futsch!"

In diesem Augenblick tat die Uhr in der großen Halle zehn schwere Schläge. Mit dem zehnten Schlag öffnete sich die Tür des Museums, und es traten ein: Professor Knopp, Frau Molin, Ulli und Britta.

„Professor, willkommen!" rief Kommissar Benson.

„Gott sei Dank, daß Sie gekommen sind! Ich brauche wirklich Ihre Hilfe. Ihre Geschicklichkeit und Ihr Scharfsinn werden hier dringend benötigt. Dies ist eine außerordentlich verwickelte Sache! Ganz verwickelt! Die durchtriebenen Verbrecher, die dies auf ihrem Gewissen haben, sind unerhört verschlagen. Keine Spuren. Die Leute verstehen ihr Handwerk, will ich meinen. Haben Sie je . . .“

„Sie haben Ihr Frühstücksgeschirr selbst abgewaschen, wie ich sehe“, entgegnete Professor Knopp und putzte sorgfältig seine Brillengläser.

Kommissar Benson unterbrach sich mitten im Satz und schwieg. Bewundernd blickte er Professor Knopp an, lächelte dann Frau Molin, Ulli und Britta an, wobei er mit dem Finger auf den Professor zeigte. Schließlich sagte er kopfschüttelnd: „Er ist phänomenal! Professor Knopp, Sie haben völlig recht. Ich habe heute morgen abgewaschen. Aber sagen Sie mir doch — wie, um Himmels willen, haben Sie das herausgefunden? “

„Sie tragen noch die Schürze“, entgegnete Professor Knopp.

Kommissar Benson blickte an sich herunter. Tatsächlich, unter seinem Rock hing eine bunte Schürze. Er löste das Band und ließ das verräterische Kleidungsstück in seiner Tasche verschwinden.

„Das macht die Eile“, entschuldigte er sich. „Unter diesen Umständen ist man ja ständig auf dem Sprung. Unerhörte Verbrechen können inzwischen begangen werden, während man sich daheim damit beschäftigt, die Schürzenknoten aufzulösen. Immer heißt es auf der Hut sein, wenn diese durchtriebenen Schurken meinen

Bezirk heimsuchen. Wie kann man sich da noch mit einem Schürzenband aufhalten?"

Professor Knopp nickte zustimmend. Das leuchtete ihm ein.

„Was für ein riesiges Museum", ließ sich plötzlich Frau Molin vernehmen, die sich erstaunt umsah. „Sicher gibt es hier viel zu sehen!"

„Es gab", verbesserte Kommissar Benson mit einem Seufzer. „Bald wird alles verschwunden sein. Alles löst sich hier in Luft auf, ist einfach weg! Niemand weiß, wohin. Spuren sind keine da."

„Können wir nicht die Gelegenheit wahrnehmen und nachsehen, was noch da ist?" erkundigte sich Ulli.

„Ein ausgezeichneter Vorschlag", sagte Professor Knopp. „Während ihr euch unter den Resten umseht, können der Kommissar und ich den Fall näher besprechen."

„Ja, gerne", sagte Frau Molin begeistert, „gerne sehen wir uns an, was noch da ist, bevor es auch verschwindet. Aber was gibt es hier eigentlich zu besichtigen?"

„Im Obergeschoß befindet sich eine große Abteilung mit Damenhüten aus älterer Zeit", erklärte Professor Knopp. „Vielleicht interessiert Sie das, Frau Molin?"

„Na, so was – eine ganze Abteilung mit Damenhüten!" rief Frau Molin. „Ich gehe sogleich hin!" Lächelnd verschwand sie in Richtung Treppe.

„Wir können uns alte Uniformen und Rüstungen ansehen", sagte Ulli zu seiner Schwester.

„Och, alte Uniformen und Rüstungen?" Britta war wenig begeistert.

„Komm doch mit", bat Ulli. „Da gibt es viele interessante Dinge!"

„Nun, Herr Kommissar", sagte Professor Knopp, als Ulli mit der widerstrebenden Britta abgezogen war, um die Uniformabteilung aufzusuchen. „Lassen Sie uns jetzt die Sache eingehender untersuchen. Sie ist also verwickelt? "

„Unerhört verwickelt", bekräftigte seufzend Kommissar Benson.

„Da heißt es, einen Faden finden, um das Knäuel zu entwirren", grübelte Professor Knopp laut. „Haben Sie einen? "

„Absolut nichts", erwiderte der Kommissar. „Das ist ja das Schreckliche! Das Ganze ist ein wirrer Haufen!"

Professor Knopp ging einige Male im Kreis herum. „Keinen Faden; ein wirres Knäuel! Also ein recht schwieriger Fall", stellte er fest. „Es muß sich doch ein Anfang finden lassen."

„Ich zweifle daran", meinte Benson und trocknete sich mit einem großen Taschentuch die Stirn.

„Hm, wir haben es also mit verhärteten, durchtriebenen Burschen zu tun", begann Professor Knopp wieder. Er zog ein schwarzes Notizbuch aus der Innentasche seines Rockes. Nachdenklich blätterte er darin. Die Seiten 1 bis 50 mit den „Fahrraddieben", „Handtaschenräubern", „Taschendieben" überschlug er; blätterte auch rasch die „Falschmünzer" durch, bis er an die Abteilung „Durchtriebene Verbrecher" kam. Hier hielt er an; sein Zeigefinger glitt langsam über die lange Namenliste. Neben einem ihm und allen Detektiven der Welt wohlbekannten Namen blieb der Finger stehen. Nachdenklich, fast träumerisch lächelte Professor Knopp, nickte dann plötzlich und schlug das Notizbuch mit einem Knall zu. „Herr Kommissar", sagte er, „ich möchte wetten, daß sich die Sache rasch erledigen läßt; denn ich meine, diese teuflische Verwirrungstaktik wiederzuerkennen. Kein Fädchen am Anfang — das weist in eine ganz bestimmte Richtung! In zwei Tagen kann der Fall gelöst sein — schlimmstenfalls, wollte ich sagen."

„Sind Sie überzeugt davon, Professor Knopp? " fragte Kommissar Benson hoffnungsvoll. „Keiner wäre natürlich froher als ich, denn ich will meine Ruhe im Bezirk haben. Es ist mir gar nicht angenehm, wenn so etwas passiert."

„Also, lassen Sie hören, was eigentlich aus dem Museum verschwunden ist", sagte Professor Knopp.

Der Polizist zog eine lange Liste aus seiner Tasche und begann mit kraftvoller Stimme vorzulesen: „Schrotflinte, Patent Svensson, Kaliber fünfzehn Komma vier Millimeter. Haudegen mit Säbelklinge und Doppelgriff. Ein Säbel des russischen Generals Kofflakoff aus dem Jahre siebzehnhundertvierundfünfzig. Hellebarden, drei Stück. Eiserne Rüstungen, fünf Stück. Holztrinkbecher aus Uppland. Spargelteller. Saucenkanne. Teedose. Holzschalen. Russische Helme, drei Stück. Konfektschale. Puddingform aus Porzellan, Trinkhorn. Schnupftabaksdose aus der Provinz Medelpad. Kleiner Kochtopf. Tonkuckucke, vier Stück. Kummet aus Hälsingland. Mangelbrett. Butterform aus Dalarna. Wäscheholz aus Härjedal . . ."

Während Benson vorlas, wanderte Professor Knopp in

der Halle umher, hörte aber genau zu. Mitunter klopfte er mit den Fingerknöcheln gegen seinen Tropenhelm — offenbar, um sein Denkvermögen anzuregen. Lautlos bewegte er sich in seinen außerordentlich leisen Schuhen.

„Dies ist das Werk eines Meisters, der sich auf Antiquitäten versteht", murmelte vor sich hin. „Kein Zweifel: Hinter diesem Streich steckt kein Anfänger in der Branche. Routinierte Arbeit eines Fachmannes, ganz sicher."

„Wie bitte? " Der Kommissar unterbrach seine Aufzählung.

„Fahren Sie nur fort, Herr Kommissar, während ich den Fall analysiere", bat Professor Knopp.

Der Kriminalkommissar warf einen vertrauensvollen und ergebenen Blick auf seinen Gast und nahm die Vorlesung über die verschwundenen Gegenstände wieder auf.

Im gleichen Augenblick kamen Ulli und Britta angelaufen. Man sah ihnen ihre Erregung schon von weitem an.

„Professor Knopp!" flüsterte Britta. „Hier passieren aber merkwürdige Dinge!"

„Wir haben etwas sehr Sonderbares gesehen!" sagte Ulli und zeigte zur Uniformabteilung hinüber.

„Na, was denn? " fragte Professor Knopp.

„Wir gingen umher und sahen uns alle alten Uniformen an. Sie wissen ja, man hat sie über Schaufensterpuppen gezogen."

Professor Knopp nickte.

„Die Uniformen aus dem achtzehnten Jahrhundert fand ich besonders großartig. Da wollte ich sie mir ganz aus der Nähe besehen", berichtete Ulli, „aber als ich dicht davorstand und sie musterte, was glauben Sie, entdeckte ich da? "

„Laß hören", sagte Professor Knopp, der aufmerksam geworden war.

„Die Puppe blinzelte mit den Augen!"

„Ich ging ebenfalls an dieser Puppe vorbei", erzählte nun auch Britta, „denn Ulli kam zu mir und stieß mich an, auch ich solle diese Uniform genauer betrachten. Da kam mir die Puppe sehr sonderbar vor."

„Geblinzelt hat sie? " fragte Professor Knopp.

„Genau das!" nickte Ulli.

„Puppen können nicht blinzeln", grübelte Professor Knopp laut.

„Es gibt ja auch Puppen mit Schlafaugen", warf der Kommissar eifrig dazwischen.

Professor Knopp warf ihm nur einen kurzen Blick zu. „Wir wollen uns die Uniformpuppen einmal ansehen. Haben Sie Ihre Dienstpistole bereit, Herr Kommissar? Wir müssen auf alles gefaßt sein."

Kommissar Benson nickte und klopfte auf seine rechte Rocktasche.

Mit raschen Schritten eilte der Professor in die Uniformabteilung. Der Kommissar, Ulli und Britta mußten im Trab laufen, um mitzukommen.

„Wo? " fragte Professor Knopp, als sie die Abteilung erreicht hatten.

„Im nächsten Raum", flüsterte Ulli und zeigte auf eine Tür. Sie hasteten weiter.

Auf der Schwelle zum nächsten Zimmer blieben Ulli und Britta mit verblüfften Gesichtern plötzlich stehen, schauten sich um, blickten dann einander kopfschüttelnd an.

„Nun? " fragte Professor Knopp ein wenig ungeduldig.

„Welche Puppe ist es denn? "

„Dort", antwortete Ulli mit schwacher Stimme. „Im Schaukasten hinten in der Ecke."

Alle blickten hin. – Die Vitrine war leer.

Plötzlich verschwindet Frau Molin

„Noch vor zwei Minuten war sie da!" rief Ulli, der sich als erster von der Überraschung erholt hatte.

„Bestimmt, wir haben sie ganz deutlich gesehen. Sie stand dort in der Ecke."

„Welche ‚Sie'? " fragte Kommissar Benson.

„Die Puppe mit der Uniform", erwiderte Ulli.

Professor Knopp nickte nur und trat näher, um die Vitrine genau zu betrachten. Ohne sich umzuwenden, sagte er: „Herr Kommissar, Sie können einen weiteren Museumsdiebstahl vermerken. Schreiben Sie: Eine Uniform, Anfang des achtzehnten Jahrhunderts, gestohlen. Durch eine verschlagene und durchtriebene Person. Vielleicht haben wir es mit einer ganzen Bande von Antiquitätendieben zu tun? "

„Das Ganze scheint mir äußerst interessant", erwiderte Benson nervös. „Ich sehe nur ein wüstes Knäuel."

„Wie ich schon bemerkte, weist diese Verwirrungstaktik in eine bestimmte Richtung. Dies, Herr Kommis-

sar, ist das Werk eines Menschen, der nicht auf den Kopf gefallen ist. Den hat kein Esel im Galopp verloren! Ich habe da einen bestimmten Verdacht."
Der Professor sagte dies mit unergründlicher Miene, worauf er sich geschwind umdrehte und eilends in den Raum zurückkehrte, den sie vorhin passiert hatten. Herr Benson, Ulli und Britta folgten ihm auf dem Fuß.
Mitten im Zimmer blieb Professor Knopp stehen und sah sich forschend um. Irgend etwas stimmte hier nicht. Genauer gesagt: Dreierlei stimmte nicht. Professor Knopp, dessen scharfem Blick nichts entging, hatte diese drei Kleinigkeiten rasch herausgefunden. „Herr Kommissar", sagte er. „Sie können weitere drei Museumsdiebstähle aufschreiben: eine Rüstung sowie

zwei Uniformen aus dem siebzehnten Jahrhundert. Vor kaum einer Minute befanden sie sich noch in jenen Kästen."

Professor Knopp zeigte auf drei Vitrinen dicht neben der Tür.

„Welch eine Frechheit!" rief Kommissar Benson keuchend.

„Die Methode ist also klar", stellte Professor Knopp fest. „Diese Bande besteht aus Leuten, die darauf dressiert sind, unbeweglich wie Schaufensterpuppen zu stehen. Sie ziehen dann die Uniformen über und stehen während der Öffnungszeiten vollkommen still. In der Nacht, wenn das Museum verschlossen ist, steigen sie einfach aus den Kästen heraus, um alles mit Beschlag zu belegen, was ihnen gut dünkt. Eine furchtbare Taktik! Aber das Blinzeln hat sie verraten."

„Unglaubliche Frechheit!" wiederholte der Kommissar mit bleichem Gesicht. Und als er die verschwundenen Kostüme in die Liste der geraubten Stücke eintrug, murmelte er noch einmal: „Eine unglaubliche Frechheit!"

„Das Ganze ist fein ausgeklügelt", bemerkte Professor Knopp. „Allerdings sind sie diesmal in ihrem Vorhaben gestört worden. Das war ein Strich durch die Rechnung." Professor Knopp senkte unvermittelt die Stimme. „Bedenken Sie, Herr Kommissar — noch wissen wir nicht, ob in den noch vorhandenen Uniformen Puppen oder durchtriebene Verbrecher stecken. Laßt uns also die Sache untersuchen! Haben Sie die Pistole bereit?"

Der Kriminalkommissar nickte und klopfte auf seine

rechte Tasche. Im gleichen Augenblick ertönte ein Schreckensschrei. Das ganze Museum hallte davon wider.

Kommissar Benson sträubten sich die Haare. „Um Himmels willen . . .“ rief er erschrocken. „Wer nur hat da so schrecklich geschrien? Das Museum ist doch völlig leer! Es ist zur Zeit geschlossen, nur zwei Aufseher sind in diesem Raum und trinken Kaffee.“

„Den Schrei kenne ich“, sagte der Professor.

„Frau Molin!“ rief Ulli.

„Genauso gellend schrie sie in Trosa, als sie naßgespritzt wurde!“ erläuterte Britta.

„Kommt!“ sagte Professor Knopp und eilte aus dem Zimmer. „Alle suchen nach Frau Molin! Sagen Sie auch den Aufsehern Bescheid, Herr Kommissar. Es muß etwas passiert sein. Wir haben keine Sekunde zu verlieren.“

Professor Knopp, Kommissar Benson, Ulli und Britta sowie die beiden Aufseher durchsuchten Stockwerk für Stockwerk des Museums. Sie schauten in alle Vitrinen, öffneten jeden Schrank. In den historischen Zimmern krochen sie sogar unter die Betten. Und in der großen Halle blieb keiner der Wagen und keine der Kaleschen, die dort standen, unberücksichtigt. In der historischen Abteilung für Damenhüte wurde jede Ecke streng kontrolliert . . . Aber Frau Molin war und blieb verschwunden. Wie vom Erdboden verschluckt war sie, wie weggeblasen! Wenn man bedachte, wie groß und umfangreich Frau Molin war, so erschien die Sache nicht recht geheuer.

„Wie ist es nur möglich, daß sie so verschwinden

kann? " fragte Kommissar Benson. „Eine füllige Dame im mittleren Alter löst sich doch nicht einfach in Luft auf. Wirklich mysteriös! Eine unerhörte Durchtriebenheit gehört dazu, wirklich!"

In seiner Verwirrung setzte der Kommissar auch Frau Molin auf die Liste der geraubten Gegenstände.

Mit nachdenklicher Miene schüttelte Professor Knopp den Kopf. „Wir müssen Frau Molin unbedingt wiederfinden", erklärte er. „Sie ist sicher in einer Lage, die unbehaglich für sie werden kann. Dabei hatte sie sich auf ein paar ruhige Ferientage in Stockholm gefreut. Statt dessen ist sie von einer Diebsbande entführt worden. Wir haben es mit Spezialisten zu tun, meine Herren, die schrecken vor nichts zurück!"

„Welche Frechheit, auch noch Leute zu stehlen", sagte Kommissar Benson. „Da bleibt einem die Spucke weg!" Das war aber absolut nicht der Fall, denn er fuhr fort zu schwatzen: „Haben Sie einen Faden gefunden, Herr Professor Knopp? "

Der Professor stand mit nachdenklichem Gesicht da und sagte: „Die Sache scheint schwierig zu werden. Ich beginne zu fürchten, daß dieser Fall doch zwei Tage in Anspruch nehmen wird, ehe ich ihn klären kann. Wir wollen in die Uniformabteilung zurückgehen und die übrigen Schaufensterpuppen untersuchen. Sicherheitshalber, bitte, die Pistole bereithalten, Herr Kommissar."

Benson klopfte erneut auf die rechte Tasche.

Als Professor Knopp, der Kommissar, Ulli und Britta samt den beiden Aufsehern den ersten Saal der Uniformabteilung erreicht hatten, betrachteten sie alle

Glasvitrinen der Reihe nach, schauten dann einander an.

Kommissar Benson wankte und mußte sich an ein ausgestopftes Pferd lehnen. „Das wird ja immer schlimmer!" stöhnte er. „Wie viele waren es eigentlich, Professor? "

„Es tut mir leid, es aussprechen zu müssen", erwiderte dieser, „aber Sie dürfen weitere zwölf Uniformen auf die Verlustliste setzen."

Ulli und Britta starrten noch immer verblüfft auf die Schaukästen — jeder einzelne war leer.

Professor Knopp
erinnert sich an den Fall
vom verschwundenen Schaukelpferd

Auf einer Bank vorn am Bug eines kleinen Schärendampfers, der auf dem Rückweg zur Schleuse war, hatte sich eine Gesellschaft von drei Personen niedergelassen. Es waren dies niemand anders als der scharfsinnige Professor Knopp, Ulli und Britta.

Kommissar Benson dagegen war nicht mitgefahren. Er hatte sein Fahrrad bestiegen und fuhr nun zum Abendessen heim, in sehr gedrückter Stimmung. Ach, die Lage wurde immer undurchsichtiger! Wäre es nur bei einem einfachen Antiquitätendiebstahl geblieben, wie er anfangs geglaubt hatte! Auch wenn es sich um eine normale Antiquitätenbande gehandelt hätte, auch darüber wäre er noch hinweggekommen; aber jetzt, da diese Bande zu einer beängstigenden Zahl anzuschwellen drohte und da er es anscheinend mit einem Gewimmel von Antiquitäten stehlenden Meisterdieben zu tun hatte, da mußte einem ja der Kopf schwindeln. Und genau das war der Zustand, in dem sich Kommissar Benson befand, während er nach Hause radelte. Dann und wann drehte sich alles vor seinen Augen, so daß er sie schließen mußte, um nicht vom Rad zu fallen. Aber da wurde es noch schlimmer! Er sah einen wimmelnden Schwarm uniformierter Antiquitätendiebe auf sich zustürmen. Benson hielt es nicht länger aus. Das war zuviel für ihn! Er sehnte sich nach einem ordentlich gedeckten Tisch. Da beschloß er, diese enorme Antiquitätenbande auf der Stelle zu vergessen und lieber an Professor Knopp zu denken, der sich ja nun des Falles angenommen hatte. Das war ein Mann, der keine Zeit verlor! Alles mußte sich ordnen. Hier galt es, Ruhe zu bewahren. Kommissar Benson trat noch einmal kräftig in die Pedale, da sein Magen in Erwartung der Mahlzeit heftig zu knurren begann.

Indes schaute Professor Knopp recht nachdenklich drein, während er den blauen Wasserspiegel betrachtete, den der Kiel des Bootes zischend durchschnitt. Der Professor machte sich schwere Sorgen wegen Frau Molin. Erstaunlich, wie spurlos sie aus dem Museum verschwunden war. Sie hatten eine weitere Stunde damit verbracht, nach ihr zu suchen — doch vergebens. Eins war ihm klar, er mußte sie wiederfinden. Ohne Zweifel war dieser Raub verwickelter, als er gedacht

hatte. Aber er ahnte, wer hinter all diesen geschickt angelegten Raubzügen zu suchen war. Es gab nur einen Mann, der einen Diebstahl so schlau einfädeln konnte. Seine Technik war nicht zu verkennen: alles ein Wirrwarr, nirgends ein Zusammenhang! Mit einem Lächeln des Triumphes erinnerte sich Professor Knopp an den Fall vom verschwundenen Schaukelpferd und an das Geheimnis der berüchtigten Busennadel. Diese Fälle hatte man als völlig unlösbar betrachtet, bis eben Professor Knopp hinzugezogen wurde! Jetzt gehörten sie der Kriminalgeschichte an.

Professor Knopp nahm die Brille ab, hauchte darauf und putzte die Gläser sorgfältig. Nein, diese Verwirrungstaktik verblüffte ihn keineswegs. Er kannte ihren Urheber. Jetzt galt es nur, eine erste Spur zu finden.

Wieder lächelte Professor Knopp, wußte er doch, wie wenig Zeit er brauchte, um seine Widersacher einzukreisen. Sorge bereitete ihm lediglich das Verschwinden von Frau Molin. Wo mochte sie sich in diesem Augenblick befinden? Professor Knopp zog die Tageszeitung heraus, schlug sie auf und las zerstreut einige Zeilen, während eine frische Brise mit seinem wohlgepflegten Schnurrbart spielte. Plötzlich blieb sein Blick auf der vierten Seite haften. Zweimal hintereinander las er die Annonce durch und schaute dann nachdenklich übers Wasser. Professor Knopp, der unerhörte Routine besaß, den Sinn von Annoncen zu ergründen, begriff sofort, daß er die erste Spur entdeckt hatte. Noch einmal las er den Text der Anzeige:

> „GÜNSTIGE GELEGENHEIT!
> Antiquitäten von unschätzbarem Wert billig zu verkaufen. Alles zu Schleuderpreisen infolge besonderer Umstände. Nur gangbare Ware von höchster Qualität. Billig, billig, beinahe geschenkt! Bitte sich vertrauensvoll zu wenden an: ANTIQUITÄTEN REDLICH, Pilzgasse 2."

Professor Knopp faltete die Zeitung zusammen und stopfte sie in die Tasche, dann zündete er sich eine Pfeife an und blies eine mächtige Rauchwolke in die Luft. Seine Gedanken jagten sich wie wilde Kaninchen. Die Sache lag klar auf der Hand; er lachte glucksend in sich hinein. Die Stunden der Antiquitätenbande waren in seinen Augen bereits gezählt. Der Faden, mit dem er das Knäuel bald entwirren wollte, war gefunden.
„Ein ausgezeichnetes Wetter für unsere kleine Bootsfahrt!" bemerkte Professor Knopp freundlich zu Ulli und Britta. „Die frische Seeluft tut gut."

„Ja-a", meinte Britta zögernd, und ihre Stirn krauste sich. Irgend etwas schien ihr nicht zu gefallen. Schließlich wandte sie sich an Professor Knopp. „Er fährt zu schlecht, dieser Kapitän da", behauptete sie fest.

„So? " sagte Professor Knopp zerstreut.

„Wieso? " wunderte sich Ulli. „Gehn wir mal hin und schauen wir ihm beim Steuern zu", schlug er vor. „Ich finde nicht, daß er komisch fährt."

„Tut das, Kinder, ich bleibe sitzen und genieße die Seeluft", meinte Professor Knopp.

Ulli und Britta schlenderten langsam zum Steuerhaus. Ruhig und sicher schaute der Kapitän mit seinen hellen, klaren Seemannsaugen über das Wasser. Er nickte Ulli und Britta zu, als er sie vor dem Steuerhäuschen gewahrte.

„Ich finde, Sie steuern das Boot so eigenartig", begann Britta.

Der Seemann drehte sich langsam um und lächelte freundlich. „Schönes Wetter heute", sagte er dann.

„Ich finde, Sie steuern ziemlich nachlässig." Britta hob ihre Stimme. „Sie passen einfach nicht auf."

„Mein kleines Fräulein", sagte der Alte gutmütig. „Siebenundzwanzig Jahre habe ich dieses Boot gefahren. Niemals gab es einen Zusammenstoß. Also nur ruhig, Fräuleinchen. Setzt euch hin, alles andere besorge ich."

„Sehen Sie, jetzt", rief Britta. „Gleich überfahren wir das Motorboot da! Sehen Sie doch!" Eifrig zeigte Britta auf das Boot.

Der Kapitän fuhr zusammen. Hastig ließ er das Rad laufen, so daß der Dampfer beidrehte. Mit knapper Not vermieden sie einen Zusammenstoß mit dem kleinen Boot.

„Na, was habe ich gesagt? " rief Britta triumphierend. „Das wäre doch beinahe schlimm geworden, nicht wahr? "

Der Kapitän trocknete sich die Stirn. Dann sah er Britta und Ulli nachdenklich an. Ulli, der inzwischen auf der andern Seite stand, rief plötzlich: „Die Maschine macht Nebengeräusche!"

Der alte Seebär fuhr zusammen und warf Ulli einen unruhigen Blick zu.

„Kein Zweifel, da sind Nebengeräusche", wiederholte Ulli. „Irgendwo rasselt es."

Der Kapitän reagierte nicht.

„Aufpassen!" schrie Britta.

Der Kapitän drehte das Rad und vermied noch gerade den Zusammenstoß mit einem Schlepper.

„Sie sehen sich nicht vor", meinte Britta mit strengem Vorwurf.

„Es rasselt bestimmt in der Maschine", behauptete Ulli wieder.

Der Alte machte ein zweifelndes Gesicht, rief aber dann doch ins Sprachrohr nach unten: „Hallo, Maschinenraum! Hallo, Maschinenraum! Nebengeräusche in der Maschine? "

„Hier ist der Maschinenraum! Hier ist der Maschinenraum! Die Maschine schnurrt wie eine Uhr — das tut sie schon vierzehn Jahre."

Triumphierend nickte der Kapitän Ulli zu.

„Aufpassen!" schrie Britta wieder.

Der Kapitän zuckte zusammen und drehte am Rad.

Nur noch wenige Meter trennten sie von einem Luxusdampfer.

„Hm!" machte Britta und kreuzte weiter die Arme.

„Vielleicht hat jemand einen Schraubenschlüssel in die Maschine fallen lassen?" vermutete Ulli.

Nachdem der Kapitän einen kurzen Blick auf Ulli geworfen hatte, beugte er sich über das Sprachrohr. „Hallo, Maschinenraum! Nehmen Sie den Schraubenschlüssel aus der Maschine!"

„Hier ist der Maschinenraum! Hier ist der Maschinenraum! Ich hole den Schraubenschlüssel aus der Maschine. Das ist schnell gemacht!"

Der alte Seebär richtete sich wieder auf und schaute scharf über das Wasser. Nach einer Minute kamen stoßweise Geräusche aus der Maschine, die immer ruckartiger wurden. Zuletzt röchelte sie noch einige Male und schwieg dann ganz.

Der Kapitän rief ins Sprachrohr: „Hallo, Maschinenraum! Hallo, Maschinenraum! Was ist passiert?"

„Hier ist der Maschinenraum! Hier ist der Maschinenraum! Die Maschine ist stehengeblieben!"

In diesem Augenblick flitzte ein Besichtigungsboot vorbei. Professor Knopp, der sich unterdessen gesonnt und die frische Luft genossen hatte, warf zufällig einen Blick auf die Insassen. Unmittelbar darauf stürzte er an die Reling.

Das Boot hatte ungefähr dreißig Passagiere, die alle in sehr alte Uniformen gekleidet waren. Sie zeigten einander die verschiedenen Sehenswürdigkeiten, während ein Mann sie vom Vorschiff aus filmte. Besonders aber fiel Professor Knopp ein Tragstuhl auf, der mitten im

Boot stand. Auf beiden Seiten hatte er Glasfenster, so
daß man hineinsehen konnte. Professor Knopp bemerkte eine Dame darin, die ihm irgendwie bekannt
vorkam. Jetzt sah er auch, daß die Dame ihr Gesicht
gegen die Scheibe drückte und winkte. Dazu machte sie
Grimassen und klopfte mit der andern Hand ans Fenster. Professor Knopp zweifelte nicht daran, daß ihm
diese Zeichen galten. „Das ist Frau Molin", murmelte
er. „Eingeschlossen in einem Tragsessel. Sie muß in
Gefahr sein."

Mit enormer Geschwindigkeit ging Professor Knopp
zum Steuerhaus. „Warum halten Sie hier an? " rief er
dem Kapitän zu. „Starten Sie sofort und verfolgen sie
jenes Besichtigungsboot! Es geht ums Leben!"

Der alte Seebär antwortete nicht. Er blickte wie abwesend über das Wasser.

Verwundert betrachtete ihn Professor Knopp. Dann

fragte er Ulli: „Was ist hier eigentlich passiert? Wir müssen Frau Molin sofort befreien! Sie ist in einem Besichtigungsboot eingesperrt — nein, ich meine, in einem Tragsessel, der auf diesem Besichtigungsboot steht. Weshalb läuft die Maschine nicht? "

„Maschinenschaden", erwiderte Ulli. „Ich hörte, wie es rasselte!"

Rasch zog Professor Knopp seine Jacke aus und kletterte in den Maschinenraum hinunter.

Schon nach einer halben Minute kam der Maschinist herauf. „Da ist ein komischer Kerl im Maschinenraum", teilte er dem Kapitän empört mit. „Wer ist der Mann, wenn ich fragen darf? Er behauptet, er könne die Maschine in Ordnung bringen. Ist er etwa der neue Maschinist hier auf dem Boot? Ich frage nur."

„Ich verstehe gar nichts mehr", sagte der Kapitän.

„Die Maschine ist vierzehn Jahre lang nicht stehengeblieben", murrte der Maschinist.

„So etwas habe ich seit siebenundzwanzig Jahren nicht erlebt", sagte der Kapitän.

Im gleichen Augenblick sprang die Maschine an, und wenige Sekunden später stand Professor Knopp wieder auf Deck, zog seinen Rock an und bürstete sich ab.

„Was war los, Professor Knopp? " fragte Ulli.

„In der Maschine fehlte ein Schraubenschlüssel", entgegnete Professor Knopp. „Ich warf einen hinein, und gleich sprang sie an. Folgen Sie dem Boot da!" befahl er darauf dem Kapitän.

„Passen Sie jetzt auf, wie wir fahren", mahnte Britta.

Der alte Kapitän sah sie argwöhnisch an und steuerte dann auf die Schleuse zu.

Jetzt sahen auch die andern, daß das Besichtigungsboot an der Schiffsbrücke angelegt hatte. Professor Knopp, Ulli und Britta standen im Vorschiff und traten ungeduldig von einem Fuß auf den andern, weil ihr Schiff so langsam fuhr. Die Uniformierten turnten auf den Kai, vier von ihnen trugen den Tragsessel mit der gefangenen Frau Molin. Ständig lief einer voraus und hantierte mit einer Filmkamera.

Sobald der Schärendampfer die Anlegestelle erreicht hatte, sprang der Professor gewandt wie eine Katze an Land. Ulli und Britta folgten, so rasch sie konnten.

Die dreißig Uniformierten waren unterdessen mit Frau Molins Tragsessel verschwunden.

„Haben Sie dreißig uniformierte Männer hier in der Nähe gesehen? " fragte Professor Knopp einen Mann, der auf der Treppe eines Milchladens in der Sonne saß.

„Hier? " versetzte der Mann.

„Ja", antwortete Professor Knopp. „Sie hatten altertümliche Uniformen an und führten einen Tragsessel mit sich, in dem eine Dame saß."

„Hier in der Nähe? " fragte der Mann.

„Ja!" entgegnete Professor Knopp ungeduldig.

„Doch, die hab' ich gesehen", sagte der Mann.

„Wo? " fragte Professor Knopp erregt.

„Hier in der Nähe", war die unbestimmte Antwort.

„Wo sind sie jetzt? " fragte Professor Knopp erwartungsvoll.

„Jetzt? "

„Ja!" sagte Professor Knopp mit Nachdruck.

Der Mann blickte über die Landungsbrücken, sah dann

wieder Professor Knopp an. „Jetzt sind sie weg", teilte er mit.

„Stimmt, aber wohin sind sie verschwunden? " fragte der Professor, immer ärgerlicher werdend.

„In die erste Quergasse hier", antwortete der Mann. „Sie haben gefilmt. Eine Dame . . ."

„Ja? " fragte Professor Knopp dazwischen.

„Sie spielte gut", erzählte der Mann. „Sie war sogar die Beste von allen. Sie focht mit den Armen und schrie . . . So . . ."

Professor Knopp, Ulli und Britta liefen weiter bis zur Querstraße, wo sie anhielten. Es war eine Sackgasse, die weder Tür noch Fenster hatte. Professor Knopp machte einmal die Runde. In den Häusern gab es nicht die kleinste Öffnung, nur glatte Wände.

Prima Sachen zu Minipreisen!

Über dem Eingang des Hauses Nr. 2 in der Pilzgasse hing ein Schild mit goldenen Buchstaben auf schwarzem Grund:

ANTIQUITÄTEN REDLICH ·

Genau unter dem Schild, das heißt etwas links davon, stand ein Mann gegen die Hauswand gelehnt. Er stand nur so da, die Wand als Stütze im Rücken, und sah aus, als dächte er an nichts, was übrigens der Fall war. Selten nämlich pflegte er zu denken, weil es am leichtesten war, nichts zu denken. Er war vollauf damit zufrieden, daß er nur so dastehen und sich anlehnen konnte. Die großen Hände des Mannes hingen schlaff herunter; es waren sozusagen zwei Baggerschaufeln — von einem Format, das anscheinend in keiner Hosentasche Platz fand. Aus diesem Grund ließ er die Hände eben herunterhängen. Dies war der durch unzählige Polizeiberichte sehr berühmte Mitbürger Svensson, von Bekannten und Verwandten schlichtweg Svasse genannt.

Svasse stand also vor der Antiquitätenfirma REDLICH und hielt sein Gesicht in die Sonne. Eigentlich wartete er auf Kunden für den Laden, aber wenn dieser zufällig leer war, nahm er die Gelegenheit wahr und sonnte sich. Jetzt blinzelte er in die Sonne und dachte — eben an nichts. Plötzlich hörte er ein leichtes Hüsteln. Svasse sah auf. Wen erblickte er da? — Einen äußerst eleganten Herrn mit schwarzer Baskenmütze, dunkler Sonnenbrille und einem giftgrünen Umhang.

„Verzeihung, bin ich hier richtig? Werden hier Antiquitäten so wahnsinnig billig verkauft?" fragte der elegante Fremde.

„Ganz recht, mein Herr", antwortete Svasse. „Hier können Sie Funde machen! Wir verkaufen zu Schleuderpreisen. Der reinste Preissturz, sage ich Ihnen."

„Ich möchte mir gerne ansehen, was Sie zu bieten haben", sagte der Herr.

„Bitte, treten Sie nur ein!" Svasse dienerte höflich.

Der elegante Herr ging im Laden herum. Natürlich verbarg sich unter der Verkleidung niemand anders als Professor Knopp. Er hatte Ulli und Britta im Hotel

„Zum weißen Schwan" zurückgelassen und ihnen ein-
geschärft, während des Nachmittags dort zu bleiben. Er
selbst wollte kundschaften gehen. Ulli und Britta hatten versprochen, keine Dummheiten zu machen.

Svasse schlug die Tür mit einem solchen Krach hinter
sich zu, daß das Glas zersprang und die Stücke klirrend
zu Boden fielen. Verblüfft schaute er auf die Scherben,
bückte sich und nahm eine davon auf. Dabei machte er
ein trauriges Gesicht. „Teufel auch!" sagte er heiser.
„Es ist kaputt!"

„Tut mir leid", versetzte Professor Knopp. „Wenn es

das Unglück will . . . Ein Glaser kann es jedenfalls mit Leichtigkeit ersetzen. Die Tür wird wieder wie neu aussehen. Manches hat doch auch sein Gutes."

„Ich bin zu stark", sagte Svasse. „Damit hab' ich so meine Last." Er nahm einen Besen und kehrte die Scherben unter einen antiken Schrank. Dann stellte er sich hinter den Ladentisch, legte seine „Baggerschaufeln" darauf und fragte in einem Ton, der zwar freundlich gemeint war, aber wie das Brüllen eines Ochsen klang: „Was darf es sein? "

Professor Knopp wanderte unbekümmert im Geschäft herum und besah sich verschiedene Antiquitäten. „Meine verehrte Tante wird in Kürze ein neues Lebensjahr beginnen. Ich trage mich mit der Absicht, das Ereignis mit einem passenden Geschenk zu feiern."

„Hat die Alte Geburtstag? " fragte Svasse.

„So kann man es auch ausdrücken."

„Da würde ein antiker Gegenstand gut passen. Wir haben genug davon. Prima Sachen zu Minipreisen. Alles echte Ware. Was sagen Sie zu dieser hölzernen Breischüssel aus Jämtland? Garantiert antik. Ein altes Stück, kann ich ihnen sagen. Geradezu ein Fund! Ißt sie Brei, die Alte? "

„Nicht ausgeschlossen", entgegnete Professor Knopp. Er nahm die Schüssel auf, um den Boden zu betrachten. Kein Zweifel, sie stammte aus dem Museum. Professor Knopp lächelte zufrieden. Er war der gefährlichen Antiquitätenbande auf der Spur.

„Ich hatte mir eher etwas in Porzellan gedacht", äußerte Professor Knopp. „Haben Sie so etwas da? "

„Etwas in Porzellan soll es sein? " fragte Svasse. „Diese

Soßenschale wäre vielleicht nicht so dumm. Ißt die Alte Soße?"

Als Svasse die Schale zwischen seine plumpen Finger nahm, fiel sie in Form von zweiundvierzig Porzellanstückchen und einem Henkel auf den Ladentisch.

Mit einer gewissen Verwunderung betrachtete Svasse die Reste der Schale. „Zu dumm!" sagte er. „Sie ist kaputt."

„Ich bedaure das Geschehene zutiefst", sagte Professor Knopp teilnahmsvoll.

„Ich bin zu stark", versuchte Svasse sein Mißgeschick zu erklären.

„Wenn ich es recht bedenke, so wünscht meine Tante vielleicht einen Gegenstand aus kräftigerem Material. Möglicherweise aus Eisen."

Wieder legte Svasse seine riesigen Hände auf den Tisch und dienerte. „Also etwas aus Eisen, jawohl."

Er kletterte auf eine wacklige Leiter und holte ein Steinschloßgewehr herunter. „Dies hier", sagte Svasse, „das ist was! Jagt die Alte?"

„Mir nicht bekannt", erwiderte Professor Knopp und warf einen prüfenden Blick auf die Waffe. Kein Zweifel, auch dieses kostbare Stück stammte aus dem Besitz des Museums.

„Sie hat es vielleicht noch nicht gewagt", redete Svasse zu. „Eine prima antike Flinte hat sie sich bestimmt immer schon gewünscht. Ich kenne Massen von alten Tanten, die keinen anderen Wunsch haben, als auf ihre alten Tage auf die Jagd zu gehen."

„Sie wird doch nicht geladen sein?" erkundigte sich Professor Knopp vorsichtig.

„Geladen? Diese hier?" entrüstete sich Svasse und drückte ab ... Als sich der Rauch verzogen hatte und Svasse sich vom Boden erhob, bemerkte der Professor, daß der Mann unbeschädigt geblieben war, obwohl er noch etwas taumelte. Nur sein Gesicht war pechschwarz geworden.

Svasse ließ seine Pranken schwer auf den Tisch fallen, zeigte auf das Gewehr und sagte: „Sehen Sie, der Flinte fehlt also nichts."

In diesem Augenblick wurde hinter ihm ein Vorhang zur Seite geschoben, ein Mann glitt in den Laden. Es war ein Kerl mit ungewöhnlichem Aussehen, das heißt, er hatte ein vollendetes Banditengesicht. Wer in den letzten zwanzig Jahren der Zeitung „Polizeiliche Mitteilungen" auch nur die geringste Aufmerksamkeit geschenkt hatte, besonders was die Rubrik „Gesucht" betraf, der fand in diesem Mann einen alten und lieben Bekannten wieder. Man vergaß ihn nie, auch wenn man sich noch soviel Mühe gab. Es gab nur einen Mann, der so aussah: Totte Tulpian!

Totte Tulpian glitt also rasch hinter den Ladentisch, wobei er einen langen, mißtrauischen Blick auf Professor Knopp warf. Langsam, ohne die kleinste Kleinigkeit auszulassen, betrachtete er ihn von oben bis unten, von der schwarzen Baskenmütze bis zu den Schuhsohlen. Dann wandte er sich an Svasse. „Was geht hier eigentlich vor? Bist du das, der hier im Laden Gewehre abschießt?"

Svasse hob seine großen Hände von der Platte und versuchte, sie in die Tasche zu stecken. Etwas Hoffnungsloseres ließ sich allerdings nicht denken. Schließlich

ließ er sie seitwärts herunterbaumeln und sah Totte Tulpian an. Wie es schien, mit einiger Überwindung allerdings. Er brachte nur „ja" heraus.

„Du bist ein Tollpatsch, Svasse", schimpfte Totte. „Einer der größten Idioten, die je in einem Antiquitätengeschäft gestanden haben, einer der größten, die überhaupt gestanden haben."

Svasse machte erneut einen vergeblichen Versuch, seine Hände in den Hosentaschen unterzubringen. Als er einsah, daß es auch weiterhin unmöglich war, schien er zu überlegen, wo er sie lassen sollte. Schließlich legte er sie doch wieder auf den Ladentisch.

„Was ist das hier?" fragte Tulpian und zeigte auf die zweiundvierzig Porzellanscherben samt Henkel, die noch dalagen.

„Eine Soßenschale", erklärte Svasse.

„Meinst du nicht auch, daß sie leckt", brummte Totte Tulpian heiser.

„Vorher war es eine. Sie ist entzweigegangen", erläuterte Svasse, worauf er eine Hand hob und zu Professor Knopps großem Erstaunen in die Rocktasche zwängte.

„Soso, sie ging entzwei", wiederholte Totte Tulpian und blinzelte Professor Knopp hämisch grinsend zu.

Svasse hob auch die zweite Hand und brachte sie mühsam in der Rocktasche unter. „Ja, so war es", sagte er. Schön sah er mit seinem rußgeschwärzten Gesicht nicht aus.

Totte Tulpian stieß ein unangenehmes Gelächter aus, so daß Professor Knopp ein leichter Schauder überlief. Dann wurde Totte wieder ernst und schaute auf die

Tür. „Die Glasscheibe ist entzwei", sagte er mit unheil-
verkündender Stimme.

„Ich schloß die Tür", sagte Svasse und zeigte auf die
Klinke.

Totte Tulpian betrachtete Svasse ohne eine Spur von
Freundlichkeit, ja, er warf ihm einen Blick zu, der
jeden normalen Menschen umgeworfen hätte.

„Ja, so ging es zu", antwortete Svasse einfach.

Totte Tulpian wandte sich mit unterwürfigem Lächeln
an Professor Knopp. „Manchmal frage ich mich", sagte
Totte, „ob ich überhaupt wagen kann, ihn Kanonen-
kugeln sortieren zu lassen."

„Ich bin zu stark", jammerte Svasse. „Damit hab' ich
meine Last."

„Ich bitte seinetwegen um Entschuldigung", dienerte
Totte Tulpian. „Finden Sie etwas Passendes bei dieser
großen Auswahl? "

„Ich hätte gerne ein kleines Geschenk zum Ehrentag
meiner Tante", versetzte Professor Knopp. „Diese
Flinte hier — ich weiß nicht recht . . ."

„Aber das wäre doch keine schlechte Idee", drängte
Totte Tulpian. „Ein wirklich nettes und originelles Geschenk, wollte ich sagen. Darf ich es einpacken? "

„Nun ja, wenn ich es genau bedenke . . . Ja, ich nehme
sie", erwiderte Professor Knopp. „Bitte wickeln Sie das
Gewehr in hübsches Geschenkpapier."

„Schön", sagte Totte Tulpian und verbeugte sich mehrere Male hintereinander. „Wickle die Flinte ein, ohne
sie noch einmal abzufeuern", befahl er Svasse. „Unterdessen schreibe ich die Quittung aus. Auf welchen
Namen bitte? "

Professor Knopp, der gerade überlegte, wo man Frau Molin versteckt halten könnte (vielleicht irgendwo hinten im Laden?) antwortete zerstreut: „Professor Konrad Knopp."

Wie von einer Natter gestochen, krümmte sich Totte Tulpian zusammen. In der nächsten Sekunde stürzte er auf Professor Knopp zu, um ihm die Baskenmütze und die Sonnenbrille zu entreißen. „Aha! Professor Knopp! Sie sind entlarvt! Keine Bewegung!"

Totte Tulpian hatte blitzschnell eine Pistole gezogen und richtete sie auf Professor Knopp. „Gehen Sie hinter den Vorhang", befahl er und drückte Professor Knopp die Mündung der Pistole in den Rücken. „Wir werden einen kleinen Spaziergang unternehmen, um einen alten Bekannten zu begrüßen. Er erwartet Sie schon und wünscht dringend seinen lieben Freund von der Busennadelgeschichte zu treffen. Er sehnt sich richtig nach Ihnen, Professor Knopp." Totte Tulpian lachte zum zweitenmal sein unheimliches Lachen. Sogar Svasse zuckte zusammen.

Professor Knopp in der Klemme

Hinter dem Vorhang befand sich ein kleiner Raum, der mit Antiquitäten vollgestopft war. Totte Tulpian stieß Professor Knopp in eine Ecke, während er unaufhörlich mit der Pistole in der Luft herumfuchtelte. „Los, heb die Klappe hoch!" befahl Totte Tulpian scharf.

Svasse schob den Teppich beiseite, worauf eine Falltür sichtbar wurde. Er faßte den Handgriff, der in den Boden eingelassen war, und hob die Klapptür hoch.

„Gehen Sie hinunter!" sagte Totte Tulpian zu Professor Knopp. „Und keine Tricks, wenn ich bitten darf."

„Sie haben mich angeschmiert", bemerkte Svasse zu Professor Knopp. „Das darf man nicht! Sie wollten gar kein Geschenk für Ihre Tante kaufen. Pfui, wie häßlich!"

„Halt den Rand", sagte Totte Tulpian schroff.

Professor Knopp stieg mit gleichmütiger Miene die Stufen hinunter. Unten befand sich ein erleuchteter Kellergang. Die Lampen schaukelten an Haken an den feuchten Wänden und verbreiteten nur schwaches Licht. Es war ein ziemlich ungemütlicher Kellergang. Die anspruchsloseste Maus hätte sich geweigert, in so einem Keller zu wohnen. Aber Professor Knopp behielt seine unerschütterliche Ruhe, obwohl ihn sogleich in der feuchtkalten Kellerluft fröstelte.

Der Gang schlängelte sich in vielen Windungen, mal nach rechts, mal nach links dahin. Die ganze Zeit schritt Totte Tulpian hinter dem Professor her und knurrte, ihm die Pistole in den Rücken drückend: „Keine Kunststücke, mein Lieber! Keine Tricks, wenn ich bitten darf! Hüten Sie sich vor jeglichem Hokuspokus, mein lieber Professor Knopp!"

Als sie schließlich vor einer Tür anhielten, sagte Totte Tulpian barsch: „Öffnen Sie!"

Professor Knopp stieß die Tür auf und trat ein.

Der Raum war vollständig mit Samt ausgeschlagen, mit

Ausnahme des Fußbodens, der mit einem schwarzen Teppich bedeckt war. Wandlämpchen beleuchteten das Zimmer. Es war ziemlich groß, und überall standen bequeme Stühle und Sessel. Die Ecken wurden von großen, weichen Polstersofas eingenommen, auf denen Kissen in leuchtenden Farben lagen. Auf allen diesen Sitzmöbeln räkelten sich Männer in Uniformen. Ihre Kopfbedeckungen hatten sie abgenommen und überall achtlos verstreut, die Uniformröcke standen weit offen. Man las Zeitung, rauchte Zigarren, schwatzte und lachte. Kurz, es herrschte eine überaus gemütliche Stimmung, ja mehr als das, Feststimmung könnte man sagen.

Hier also verbrachte die schrecklich gefährliche und so erfolgreiche Antiquitätenbande ihre Freizeit und gab sich einem fröhlichen und ungezwungenen Gesellschaftsleben hin.

Aber sobald Professor Knopp eingetreten war, hörte jegliches Stimmengewirr und Gelächter auf. Den behaglich Dasitzenden fiel die Zigarre aus dem Mund, und die Zeitungen flatterten zu Boden. Wie ein Mann erhoben sich alle dreißig Uniformierten. Ihre Augen weiteten sich und wurden kugelrund, die Augenbrauen hoben sich vor Staunen und Schreck, die Münder öffneten sich, und alle Blicke wandten sich einer bestimmten Person zu — Professor Knopp.

„Aber ist das nicht . . .“ sagte eine der bunten Gestalten.

„Das ist ja wohl . . .“ rief ein anderer.

„Das ist Professor Knopp!“ rief ein dritter erschrocken. „Dann sind wir verloren!“

Alle beobachteten Professor Knopp schweigend.

„Er ist fürchterlich gefährlich für jeden, der in unserer Antiquitätenbranche ehrlich sein Brot verdient", rief einer der Uniformierten.

„Halt die Klappe!" schnitt ihm Totte Tulpian das Wort ab und lachte heiser. Dann wandte er sich mit einem schurkischen Lächeln an seinen „Gast": „Wie Sie hören, sind Sie hier wohlbekannt."

Professor Knopp schaute gleichgültig drein. Ja, er gähnte sogar etwas zerstreut.

„Macht Platz!" sagte Totte Tulpian zu den übrigen Mitgliedern der Gesellschaft, die sogleich zur Seite wichen, so daß Professor Knopp jetzt eine Tür an der hinteren Wand des Zimmers gewahrte. Totte Tulpian stieß ihn mit der Pistole, worauf sie zusammen auf die Tür zugingen.

Die Verbrecher setzten sich wieder hin und raschelten erneut mit ihren Zeitungen oder zündeten sich Zigarren an. Aber niemand sagte etwas. Alle blickten gespannt auf Totte Tulpian und Professor Knopp. Neben der Tür befanden sich drei Lämpchen und darunter ein einzelner Knopf. Die eine Lampe war rot, die zweite gelb und die dritte grün. Neben der roten stand: „Warten", neben der gelben: „Über Telefon sprechen" und neben der grünen: „Eintreten".

Totte Tulpian drückte lange und sorgfältig auf den Knopf und legte dann die Hände auf den Rücken, räusperte sich und wippte erwartungsvoll auf den Zehen. Hin und wieder beobachtete er Professor Knopp.

Plötzlich leuchtete die rote Lampe auf: „Warten".

Totte Tulpian nickte. „Der Chef ist beschäftigt", teilte er Professor Knopp mit. „Wir müssen warten und können uns solange setzen." Dabei zeigte er auf zwei Holzstühle, die neben der Tür standen.

Professor Knopp ließ sich unbekümmert auf einem der Stühle nieder, während Totte Tulpian sich auf den andern setzte. Auf einem kleinen Tisch daneben lagen zwei zerlesene Zeitschriften. Totte Tulpian überreichte eine davon wortlos Professor Knopp, während er selbst die zweite nahm. Professor Knopp bemerkte sogleich, daß er die Zeitschrift bereits vor mehreren Jahren gelesen hatte und legte sie wieder auf den Tisch zurück. Statt dessen schielte er über Totte Tulpians Schulter, der die neueste Mickymaus-Nummer las, die Professor Knopp tatsächlich noch nicht kannte.

Als ein Summen über ihrem Kopf ertönte, schauten Professor Knopp, Totte Tulpian und alle dreißig Mitglieder der Bande auf. Die Lampe leuchtete!

Totte Tulpian öffnete die Tür, er und Professor Knopp traten rasch ins Zimmer.

Auch dieser Raum war mit Samt ausgeschlagen, jedoch in Rot. Der Fußboden war mit gelbem Teppich ausgelegt. In der Mitte stand ein großer, schwarzer Schreibtisch mit einem weißen Telefon und einer Lampe mit grünem Schirm. Hinter dem Schreibtisch saß auf einem Drehstuhl ein ungemein eleganter Herr. Er hatte einen blauen Frack an. Außerdem konnte man sehen, daß er schwarze Lackschuhe und graue Gamaschen trug, denn seine Füße hatte er auf den Schreibtisch gelegt, auf dem übrigens auch ein grauer Zylinderhut lag. Dieser Herr lächelte, und zwar so, als seien ihm die Mundwinkel irgendwie oben festgeklebt. Gerade reinigte er sich die Fingernägel — mit einer goldenen Busennadel.

Dies war einer der anerkanntesten Mitglieder aus der Kriminalbranche der Gegenwart. Einer, der alle im Rahmen des Faches vorkommenden Aufgaben ausgesprochen gut beherrschte. Sein Name hatte einen Ehrenplatz auf dem unsaubersten Blatt der Kriminalgeschichte. Das war er — einer der schlauesten Verbrecher, der je in die Antiquitätenbranche eingestiegen war, und zugleich wohl der bestparfümierte, -pomadisierte, -maniküre, -rasierte, -gebadete und -gekleidete Schurke, den die Kriminalgeschichte je erlebt hatte. — Der Mann mit dem Dauerlächeln war niemand anders als der Gentlemandieb Doktor Maximal!

Ein gewisser Herr Johansson

Wenn Professor Knopp auch mit seiner außerordentlichen Ruhe die Situation völlig beherrschte, so wäre es doch verfehlt gewesen zu sagen, daß er sie genoß.

Das war dagegen der Fall bei dem ungemein eleganten Doktor Maximal, der die ganze Zeit lächelte, mit Ausnahme der wenigen Augenblicke, da er es einmal nicht tat. Dann lachte er nämlich polternd und laut.

Mit beachtenswerter Sorgfalt reinigte er sich mit der Busennadel die Fingernägel. Zwischendurch beugte er sich vor und roch an der Nelke, die er im Knopfloch trug. „Ich freue mich, Sie hier zu sehen", sagte Doktor Maximal schließlich. „Ihr Besuch ist sehr schmeichelhaft für mich, Professor Knopp. Aufrichtig gesagt, hatte ich erwartet, daß man den geschicktesten Detektiv einsetzen würde, aber ich wagte doch kaum zu hoffen, daß wir uns unter so angenehmen Umständen treffen würden."

Professor Knopp hüstelte leicht.

„Ich hoffe, Sie fühlen sich bei uns wohl", fuhr Doktor Maximal fort.

Mit zerstreuter Miene nahm Professor Knopp seine Brille ab und begann sie zu putzen.

Doktor Maximal schwang die Füße vom Tisch, steckte die kostbare Nadel in seinen seidenen Schlips und beugte sich vor. Mit einer eleganten Handbewegung zog er ein goldenes Etui heraus und entnahm ihm eine Zigarette, die er mit einem Feuerzeug aus Platin anzündete. Dann lehnte er sich wieder zurück.

„Wie Sie verstehen werden, Professor Knopp, so sehe
ich mich mit aufrichtigem Kummer gezwungen, Sie für
die nächste Zeit des Vergnügens der erquickenden frischen Luft zu berauben. Ich beabsichtige nämlich, eine
— nun nennen wir es: Sammelaktion — ha, ha — in
Baron Krolls Palast zu unternehmen. Der Baron gibt
heute abend ein Festessen, was mir ausgezeichnete
Gelegenheit verschafft, mich ein wenig mit Juwelen
und goldenen Uhren für den späteren Gebrauch zu versehen. Dabei möchte ich ungern von Ihnen gestört werden, Herr Professor. Sie bei solchen Gelegenheiten in

der Nähe zu haben, würde mir lästig werden. In Kürze verlasse ich das Land und wollte doch noch einige Kleinigkeiten mitnehmen, Juwelen und Antiquitäten für runde zwei Millionen. Nehmen Sie es mir daher nicht übel, lieber Professor, wenn ich auch bei meiner Abreise nicht gestört werden möchte. Wie Sie sicher verstanden haben, lasse ich mich überhaupt nicht gerne stören, besonders nicht, wenn ich verreisen will. Ich könnte ja den Zug verpassen! Ich denke, Sie begnügen sich inzwischen mit unserem gemütlichen Kellerraum. Was meinen Sie dazu, Professor Knopp? "

Der Professor hüstelte. Totte Tulpian lachte einschmeichelnd hinter seinem Rücken.

„Nun, ich hoffe, Sie haben nichts dagegen, Herr Professor Knopp, für kurze Zeit mein Gast zu sein. Unser Gästezimmer ist vielleicht etwas anspruchslos, dafür aber garantiere ich, daß es absolut ausbruchssicher ist. Es mag auch ein wenig feucht und kalt sein und für den modernen Geschmack zu finster, aber es zieht wenigstens nur am Boden und kaum spürbar. – Kümmere dich jetzt um ihn, Totte. Laß ihn merken, daß er uns ein hochwillkommener Gast ist. Svasse soll ihn bewachen. Wir anderen haben ja mit unserem kleinen Maskenfest für heute abend zu tun – ha, ha!"

Wieder lachte Totte einschmeichelnd, während Doktor Maximal mit ausgesuchter Eleganz die Spitzen seines wohlgepflegten Schnurrbarts zwirbelte. Dann hob er die Hand und wies mit einladender Geste zur Tür. Offenbar betrachtete er das Gespräch als beendet.

Professor Knopp ging leicht hüstelnd und mit raschen Schritten hinaus. Totte Tulpian folgte ihm auf den Fersen. Als sie das Gesellschaftszimmer passierten, hörte wieder jedes Schwatzen und Murmeln auf. Die Mitglieder der Bande legten ihre Zeitungen nieder, nahmen die Zigarren aus dem Mund. Gespannt beobachteten sie Professor Knopp. „Dieser Mann ist unheimlich gefährlich für alle Leute unserer Branche", ließ sich einer der Uniformierten vernehmen.

Totte Tulpian drückte Professor Knopp die Pistole in den Rücken und befahl: „Nach links."

Sie gingen in dem krummen Gang weiter, diesmal aber nicht lange, denn bald stießen sie auf eine Tür.

„Hier", sagte Totte Tulpian. „Öffnen Sie mit diesem Schlüssel."

Er gab Professor Knopp einen Schlüssel. Nachdem der Gefangene aufgeschlossen hatte und eingetreten war, drehte Totte Tulpian den Schlüssel im Schloß herum und entfernte sich.

Professor Knopp war kaum ins Zimmer getreten, als sich jemand über ihn warf und ihn mit eisernem Griff umarmte. „Professor Knopp! Wie ich mich freue, Sie zu sehen. Gott sei Dank, daß Sie gekommen sind!"

Als Professor Knopp sich aus der Umklammerung gelöst hatte, sah er erst, wer ihn überfallen hatte. — Niemand anders als Frau Molin stand vor ihm!

„Frau Molin! Sind Sie unverletzt?" fragte Professor Knopp eifrig.

„Ja", antwortete Frau Molin. „Aber wie schrecklich dies alles ist! Mich so zu behandeln! Dabei wollte ich ein paar ruhige Ferientage verleben und sitze jetzt in diesem fürchterlichen Keller. Ich begreife das alles nicht."

„Was ist eigentlich geschehen, Frau Molin?" fragte Professor Knopp.

Frau Molin setzte sich auf einen der beiden vorhandenen Stühle. Professor Knopp nahm den andern und hörte aufmerksam zu, was Frau Molin zu sagen hatte.

„Also, ich war ja da oben in der Abteilung für Damenhüte aus älterer Zeit. Übrigens hat es mir viel Spaß gemacht, es gab da unter anderem viele hübsche Modelle. Aber als ich die Treppe zum nächsten Stockwerk hinunterstieg, kam plötzlich ein ganzer Haufen Soldaten gelaufen, in alten Uniformen übrigens. Die Leute mißfielen mir sehr, denn sie rannten mich beinahe um."

Professor Knopp nickte.

„Ich bekam Angst und schrie. Denken Sie sich – da packten sie mich, banden mir ein schwarzes Tuch vor die Augen und schleppten mich fort. So ein unverschämtes Gesindel!"

Professor Knopp nickte erschüttert.

„Nun, dann sah ich nichts mehr, bis ich im Tragsessel auf dem Besichtigungsboot saß. Sie haben mich doch gesehen, Herr Professor? Bemerkten sie, daß ich Ihnen zuwinkte?"

„Sicher, sicher! Wir haben sofort die Verfolgung aufgenommen. Leider wurden wir durch einen Maschinenschaden etwas aufgehalten. Als wir an Land kamen, war die ganze Antiquitätenbande bereits verschwunden, samt Tragsessel und Ihnen."

„Ja, hierher haben sie mich geschleppt. Da sitze ich nun. Ich verstehe das nicht. Wie schrecklich! Meine Handtasche habe ich auch im Museum vergessen. Die muß ich zurück haben. Und jetzt sind Sie auch hier, Herr Professor! Wie konnten sie diesen schlechten Menschen nur in die Finger geraten? "

Professor Knopp berichtete Frau Molin ausführlich, was ihm im Antiquitätenladen widerfahren und was drinnen bei Doktor Maximal gesprochen worden war. — „Offensichtlich bereitet Doktor Maximal einen großen Schlag bei Baron Kroll vor", sagte Professor Knopp. „Er erwähnte etwas von einer Maskerade in dessen Palast. Wir müssen hier heraus, um den Coup zu verhindern. Es geht um Juwelen und goldene Uhren. Um jeden Preis muß das verhindert werden! Ich muß unbedingt hier 'raus. Hier können wir nicht länger sitzen bleiben."

Professor Knopp erhob sich von seinem Sitz und begann rastlos auf und ab zu wandern. Als er draußen Schritte hörte, hielt er an.

Gleich darauf öffnete sich eine kleine Luke in der schweren Eichentür. Svasse schaute mit zornigem Gesicht herein. „Sie haben mich betrogen. Das darf man nicht", schimpfte er verdrießlich. „Ich glaub's nicht, daß Sie eine Tante haben. Machen Sie mir bloß keine Geschichten, verstanden!"

Damit schlug Svasse die Luke zu. Professor Knopp hörte, daß er sich draußen auf dem Gang auf einem Stuhl niederließ. Offenbar bewachte er die Tür. Es sah also übel für Professor Knopp und Frau Molin aus.

Da öffnete sich die Luke wieder. Svasse schaute wieder durch die Luke. „Versuchen Sie ja nicht zu entwischen. Denken Sie daran: Ich bin schrecklich stark!"

Die Luke wurde zugeschmettert, und Svasse setzte sich wieder auf seinen Stuhl.

Professor Knopp sah Frau Molin kopfschüttelnd an. Die Lage wurde schwierig — kein Zweifel. Professor Knopp grübelte fieberhaft, um einen Ausweg zu finden. Sie mußten heraus aus dem Keller, und das sofort. Seine Gedanken jagten sich. Da hörte er Schritte. Professor Knopp legte das Ohr an die Tür und lauschte.

„Hallo", rief draußen eine Stimme.

„Hallo, hallo", gab Svasse zurück.

„Ich bin neu hier, Johansson ist mein Name."

„Svasse Svensson", entgegnete Svasse.

„So, du sitzt hier", fuhr die Stimme fort.

„Ja, hier sitze ich", erklärte Svasse.

„Soso, jaha", sagte die Stimme.

Einen Augenblick schwiegen sie.

Professor Knopp drückte das Ohr noch fester gegen die Tür und horchte gespannt. Sowohl Svasse als auch der andere räusperten sich und wußten sonst nichts zu sagen.

„Ich sitze hier als Wächter", teilte Svasse mit.

„Ach? " Die Stimme schien interessiert.

„Zwei übergefährliche Figuren", erzählte Svasse. „Professor Knopp und Frau Molin! Sie würden uns das Leben sauer machen, wenn wir sie laufen ließen."

„So? " meinte Johansson.

„Du kannst sie dir ansehen, wenn du willst", sagte Svasse.

„Gern", antwortete Johansson.

Professor Knopp sprang rasch von der Tür weg und begann hastig auf und ab zu gehen.

120

Als die Luke geöffnet wurde, stürzte sofort Frau Molin herbei. „Verschwinde!" rief sie, fuhr mit der Faust durch das Loch und traf den neu angestellten Herrn Johansson mitten ins Gesicht, worauf sich Svasse beeilte, die Luke zu schließen.

„Was hab' ich gesagt? " sagte Svasse. „Sie sind einfach übergefährlich."

Johansson fühlte vorsichtig nach seiner schmerzenden Nase, die sich langsam rot färbte, und schien nicht abgeneigt, Svasse recht zu geben.

„Wie gesagt, es sind Typen, mit denen nicht zu spaßen ist", sagte Svasse. „Besonders mit Frau Molin ist nicht gut Kirschen essen."

Johansson nickte zustimmend, während er vorsichtig seine Nase befühlte. Beide schwiegen wieder, und Svasse setzte sich auf den Stuhl.

Drinnen im Kellerraum aber stand Professor Knopp in tiefe Gedanken versunken. Johanssons Stimme kam ihm irgendwie bekannt vor. Er mußte sie gehört haben, nur wo? Er ging wieder zur Tür, um zu lauschen.

„Jaha, du, heute abend knallt es wieder", brach Svasse das Schweigen.

„Wo denn? " fragte Johansson und schien ehrlich erschrocken.

„Bei Baron Kroll, das weißt du doch", wunderte sich Svasse.

„Ach so, ja, stimmt", meinte Johansson.

Darauf wurde es wieder still. Johansson hüstelte.

„Magst du eine Weile für mich aufpassen? " fragte Svasse. „Ich muß mal frische Luft schöpfen."

„Gern!" entgegnete Johansson. „Sehr gern."

„Ich bin bald zurück", sagte Svasse. „Hier hast du den Schlüssel."

„Keine Eile meinetwegen", sagte Johansson. „Ich will gerne aufpassen."

Svasse verschwand, seine Schritte verhallten.

Kurz darauf öffnete sich wieder die Luke, aber nur einen Spalt breit. „Hallo, das bin ich! Benson, der Kriminalkommissar! Ich öffne sofort die Tür. Aber nicht boxen, Frau Molin!"

Die Luke schloß sich, und der Schlüssel rasselte im Schloß. Gleich darauf glitt ein in eine altertümliche Uniform gekleideter Mann in den Kellerraum und zog hastig die Tür hinter sich zu. Es war wirklich Kriminalkommissar Benson, dessen Nase inzwischen feuerrot geworden war.

„Herr Kommissar! Wie froh ich bin, daß Sie gekommen sind!" sagte Professor Knopp und drückte ihm die Hand.

„Lieber Herr Benson, es war wirklich nicht meine Absicht, Ihnen ins Gesicht zu boxen", sagte Frau Molin teilnehmend. „Tut es sehr weh? "

„Ach, nicht der Rede wert", wehrte der Kommissar ab und befühlte den mißhandelten Körperteil.

„Wie ist es Ihnen nur gelungen hierherzukommen? " fragte Professor Knopp.

„Ich suchte Ulli und Britta im Hotel auf, die mir ausführlich berichteten, was auf dem Boot passiert war. Die Anzeige, die Sie ausgeschnitten hatten, fand ich auf einem Tisch. Sogleich erfaßte ich den Zusammenhang und daß Sie vielleicht geradewegs hierhergegangen seien. Und deshalb zog ich mir eine passende Uniform aus dem achtzehnten Jahrhundert an und ging zum Antiquitätengeschäft, um zu sehen, wie sich die Dinge entwickeln würden. Ich rechnete damit, daß man mich für ein Mitglied der Bande halten würde, was denn auch zutraf. Sobald ich das Geschäft betreten hatte, stürzte ein Mann mit Spitzbubengesicht auf mich zu. Ich erkannte ihn sofort, es war Totte Tulpian, jedem Kriminalbeamten wohlbekannt. Er schnappte mich und rief: ,Läufst du so in der Stadt herum, du Trottel? Du kannst ja entlarvt werden! Der Chef wird gleich an alle Order erteilen wegen der Sache heute abend! Marsch nach unten mit dir!' Sodann schob er mich durch eine Falluke im Fußboden hinunter. Ich folgte dem Kellergang, bis ich auf diesen Svasse Svensson stieß."

Der Kommissar betastete seine Nase. „Pech, daß Sie statt dessen nicht ihn getroffen haben, Frau Molin", bemerkte er.

„Jetzt müssen wir uns beeilen", sagte Professor Knopp. „Svasse kann jeden Augenblick zurückkehren."

Er schob den Kommissar und Frau Molin aus dem Keller und bat sie, sich etwas weiter hinten im Gang zu verbergen. Den Schlüssel ließ er im Schloß stecken und lehnte die Tür nur an. Darauf versteckte er sich selbst in einem Seitengang.

Es dauerte auch nicht lange, da kehrte Svasse, vergnügt vor sich hinpfeifend, zurück. Kaum bemerkte er die offene Tür, lief er hin, riß sie auf und trat ein. In der nächsten Sekunde stürzte Professor Knopp herein, schlug die Tür zu und drehte den Schlüssel um. Darauf öffnete er die Luke und sah hinein. Svasse seinerseits schaute mit traurigem Blick und wehmütiger

Miene nach draußen. „Was? Wieder betrogen?" fragte er.

„Sie werden entschuldigen, Herr Svensson, aber wir haben leider wichtige Dinge zu erledigen. Ich hoffe, bald die Freude zu haben, unsere Bekanntschaft zu erneuern, allerdings unter etwas anderen Voraussetzungen, wenn ich mich so ausdrücken darf. Bis dahin auf Wiedersehen, bleiben Sie gesund!"

Svasse brüllte laut, als sich Professor Knopp, der Kommissar und Frau Molin mit vorsichtigen Schritten dem Zimmer näherten, in dem sich die Antiquitätenbande und Doktor Maximal aufhielten.

„Haben Sie Ihre Pistole bereit?" fragte Professor Knopp.

Kommissar Benson nickte und zog die Waffe heraus.

„Bitte warten Sie so lange hier draußen, Frau Molin", sagte Professor Knopp. „Wir haben es mit rauhen Gesellen zu tun, so daß unsere Lage, wenn auch nicht gerade gefährlich, aber doch ein wenig schwierig werden könnte."

Frau Molin nickte und verbarg sich im Kellergang.

„Hände hoch!" rief Professor Knopp und stieß die Tür mit dem Fuß auf. Kühn sprang er vor, dicht gefolgt vom Kommissar.

Aber das Zimmer war leer. Kein einziges Mitglied der Bande war zu sehen. Sie fanden nur noch die vollen Aschenbecher vor und die Zeitungen, die überall auf dem Boden und in den Sesseln verstreut lagen.

„Zu spät!" rief Professor Knopp zähneknirschend. Lautlos ging er auf seinen Gummisohlen zu Doktor Maximals Tür hinüber. Gedankenlos drückte er auf den

Knopf draußen an der Tür und ließ sich dann wartend auf dem Stuhl nieder, nahm eine Zeitschrift auf und blätterte zerstreut darin.

Kommissar Benson schaute ihm verblüfft zu, setzte sich dann auf den andern Stuhl und begann, in der „Mickymaus" zu lesen.

Plötzlich schrak Professor Knopp hoch, warf die Zeitschrift zu Boden und riß die Tür auf. „Hände hoch!" rief er. Aber auch Doktor Maximals Zimmer war leer.

„Was ist das für ein Zimmer? " fragte der Kommissar.

„Es gehört dem Gehirn, das hinter der großen Antiquitätenbande steht", antwortete Professor Knopp.

„Wissen Sie, wer es ist? " fragte der Kommissar.

„Ja", antwortete Professor Knopp. „Sie sollen es zu geeigneter Zeit erfahren, Herr Kommissar. Nur soviel kann ich sagen, daß Sie einen großen Fang machen werden. Jetzt aber haben wir keine Zeit zu verlieren. Folgen Sie mir."

Sie verließen das Gesellschaftszimmer der Verbrecherbande, holten Frau Molin und kletterten rasch die Stufen zum Laden hinauf. Auch dort war niemand. An der Tür hing ein Schild: „Geschlossen".

„Kommissar Benson und ich haben heute abend eine schwere Aufgabe vor uns", sagte Professor Knopp. „Würden Sie sich bitte inzwischen um Ulli und Britta kümmern, liebe Frau Molin? Vielleicht besuchen Sie den Tiergarten mit ihnen. Oder den Vergnügungspark."

„Ja, gern!" rief Frau Molin erfreut. „Nach dieser scheußlichen Kellergeschichte könnte ich eine Aufmunterung gebrauchen."

„Passen Sie nur gut auf die Kinder auf! Und daß die beiden nicht allein über die Straße gehen!" mahnte Professor Knopp. Höflich öffnete er Frau Molin die Tür, worauf sie sich in Richtung zum „Weißen Schwan" entfernte.

„Wir aber gehen auf den Maskenball", sagte der Professor zu Kommissar Benson. Sorgfältig schloß er die Tür draußen ab und steckte den Schlüssel in die Westentasche. Mit zielbewußten Schritten verließen sie schleunigst die Antiquitätenfirma REDLICH.

Kosakentanz auf dem Fest von Baron Kroll

Angeregt plaudernd und voller Erwartung drängten die Gäste durch das schmiedeeiserne Portal des Krollschen Palastes. Blitzende Limousinen und Kabrioletts entluden unaufhörlich festlich gekleidete Menschen von ausgesuchter Eleganz. Da glitzerte und gleißte es von Brillanten und Rubinen, Saphiren und Smaragden. Alles, was die Stadt an Juwelen zu bieten hatte, fand sich offenbar an diesem Abend ein. Diener in Livreen nahmen unter ständigen Verbeugungen die Mäntel in Empfang, worauf die Gäste in den großen Festsaal schritten. Das war ein Lärm und Stimmengewirr! Eine lange Tafel war festlich gedeckt. Sie lud zu einem Galadiner ein. Kellner, Hausdiener und Butler eilten mit

126

hochbeladenen Schüsseln und den ausgesuchtesten Delikatessen kreuz und quer durch den Saal. Die Butler gaben ihre Befehle. Die Kellner flitzten mit den riesigen Schüsseln herum, die sie hoch über den Köpfen der wimmelnden Gäste jonglierten.

In der Ecke des Saales saß die Kapelle und stimmte die Instrumente. Die Geiger wachsten eifrig ihre Bögen, der Klavierspieler ließ seine Finger unaufhörlich über die Tasten laufen. Der Bassist zupfte prüfend an seiner Baßgeige, und der Akkordeonspieler pumpte gewaltig viel Luft in sein Instrument. Na, da sollte Musik gemacht werden!

In der Küche war man auch nicht faul. Niemand hatte Zeit, in der Ecke ein Nickerchen zu machen. Wie das klirrte und polterte! Die Schneebesen quirlten in den Töpfen, die Küchenmesser fuhren in die runden, braungebrannten Brotlaibe, die Öfen glühten, in den Kartoffeltöpfen brodelte es, in den Bratpfannen zischte es; die Kellen klapperten und Korken knallten. Essensgerüche erfüllten die Küche. Da wurde gehackt, geschnitten, gekratzt und gequirlt. Köchinnen und Köche, Kaltmamsellen und Butterbrotschmierer drehten und wendeten sich in wirbelnder Eile. Alles mußte getan und alles mußte rechtzeitig fertig werden! Im großen Festsaal sammelten sich die Gäste um die appetitanregende Tafel, wobei es nicht ohne Schieben und Drängen abging. Der Oberbutler klatschte in die Hände und rief durch den Lärm: „Meine Damen und Herren. Das Essen wird serviert!"

Die eleganten Damen und Herren nahmen rings um die Tafel Platz. Es rauschte von Seide, raschelte von Tüll,

als sich die erlauchte Gesellschaft niederließ. Man lachte und schwatzte, Scherzworte flogen hinüber. Die kostbaren Juwelen blitzten und glitzerten im strahlenden Licht der Kristalleuchter.

Im gleichen Augenblick, da die Gäste ihre Messer und Gabeln aufnahmen, um sich mit Eifer auf den ersten Gang zu stürzen, hielt mit kreischenden Bremsen ein staubiges Taxi vor dem Portal des Krollschen Palastes. Heraus stieg ein Kosak in Pelzmütze und blanken, hohen Stiefeln, hinterher kam ein kleiner Beduine. Dieser zog eine Brieftasche aus der hinteren Hosentasche und bezahlte, ohne weiter auf das Geld zu achten, mit einem Hundertkronenschein, sagte nur kurz: „Behalten Sie den Rest!"

Der Taxifahrer warf einen forschenden Blick auf den Beduinen, steckte das Geld hastig ein und verschwand mit einem Blitzstart um die nächste Ecke.

Der Beduine und der Kosak gingen mit raschen Schritten auf das Portal zu. Der kleine Beduine drückte zweimal rasch und heftig auf die Türglocke, und beide warteten ruhig, daß jemand käme, um zu öffnen.

„Sicher haben sie schon begonnen", bemerkte der Beduine sehr beherrscht. „Aber ich glaube dennoch nicht, daß wir zu spät kommen."

Als sich nichts rührte, setzte der Beduine noch einmal den Daumen auf die Klingel und gab drei Signale ab. Es dauerte nur wenige Sekunden, dann wurde die Tür geöffnet. Im Portal stand der Oberbutler. Er trug einen dichten, schwarzen Bart. Mit einer steifen Verbeugung fragte er: „Womit kann ich dienen? "

Der Beduine verbeugte sich ebenfalls. „Wir wünschen

auf dem Maskenball mitzuwirken und bedauern, uns ein wenig verspätet zu haben."

„Hier gibt es keinen Maskenball", erwiderte der Butler steif. „Bei uns wird nur ein Galaessen gegeben, von ausgesuchter Qualität übrigens. Baron Kroll ist der Gastgeber."

„Unmöglich", wehrte der Beduine ab. „Ich weiß bestimmt, daß es hier heute abend eine Maskerade geben soll."

„Ein bedauerlicher Irrtum", entgegnete der Oberbutler kühl. „Ich schlage den geehrten Herren vor, an einem passenden Ort einen eigenen Maskenball zu veranstalten. Die Herren werden mich entschuldigen."

Damit schlug der Butler dem Beduinen und dem etwas rundlich geratenen Kosaken die Tür vor der Nase zu, so daß beide erschrocken zurückfuhren und verblüfft den geschlossenen Eingang anstarrten.

„Wir haben einen Fehler gemacht", sagte der Beduine, hinter dessen Verkleidung sich Professor Knopp verbarg.

„Ja", stimmte Kommissar Benson bei, denn er war es, der sich so geschickt als Kosak ausstaffiert hatte.

„Anscheinend maskieren sich für heute abend lediglich die Mitglieder der Antiquitätenbande, nicht aber die Gäste", vermutete Professor Knopp. „Irgendwie kam mir doch der Butler bekannt vor ..."

„Was machen wir jetzt?" fragte der Kommissar.

„Das war ein Strich durch die Rechnung", entgegnete Professor Knopp. „Rundheraus gesagt: ein Knüppel zwischen die Beine. Wir müssen uns etwas Neues einfallen lassen."

Professor Knopp hüllte sich dichter in seinen Umhang und zog den Turban tiefer über die Ohren, um sich vor dem feuchten Abendwind zu schützen. Darauf ging er einige Male auf der Freitreppe auf und ab und dachte scharf nach, wobei ihn der Kommissar gespannt beobachtete.

Da öffnete sich erneut die Tür, und der Oberbutler schaute heraus. Er machte eine einladende Handbewegung und sagte: „Ich bedauere meinen Irrtum, man hatte mich nämlich nicht davon unterrichtet, daß Schauspieler zur Unterhaltung der Gäste verpflichtet worden sind. Sie kommen ja auch ungewöhnlich früh. Ich bitte also vielmals um Entschuldigung. Bitte, warten Sie hier in der Halle. Ich werde Baron Kroll sofort benachrichtigen. Einen Augenblick."

Professor Knopp und Kommissar Benson traten also in die Halle, während der Butler hastig hinter der Tür zum Festsaal verschwand. Von dort hörte man Stimmengewirr und Lärmen, das Klappern von Bestecken und Gläserklirren. Es war ohrenbetäubend, besonders als Professor Knopp vorsichtig die Tür einen Spalt weit öffnete. Er beobachtete, wie der Butler zu Baron Kroll ging und ihm etwas ins Ohr flüsterte. Hastig drückte Professor Knopp die Tür wieder zu.

„Was meinte er eigentlich?" wollte Kommissar Benson wissen.

„Ich begreife auch nichts", erwiderte Professor Knopp. „Wir müssen die Entwicklung der Dinge abwarten."

„Ich fürchte das Schlimmste", sagte der Polizist.

Das Orchester hörte so plötzlich auf zu spielen, als habe es der Erdboden verschluckt. Auch das Gemurmel im Saal legte sich geschwind. Professor Knopp und der Kommissar lugten wieder durch den Türspalt und beobachteten, wie Baron Kroll sich vom Stuhl erhob. Er klatschte in die Hände und rief:

„Meine Damen und Herren! Ich habe die große Ehre, Ihnen heute abend einen Auftritt mit Gesang und Tanz anzukündigen. Zwei unserer ersten Schauspieler vom Königlichen Theater werden Sie unterhalten. Viel Vergnügen!"

Stürmischer Applaus setzte ein, und es entstand ein erwartungsvolles Gemurmel. Professor Knopp schob die Tür zu und drehte sich zu dem Kommissar um.

„Da haben wir den Salat!" flüsterte Herr Benson und wurde weiß wie die Wand. „Ich bin absolut nicht zu gebrauchen, wenn es um Gesang und Tanz geht. Das versteht sich doch von selbst. So etwas kann kein Kriminalbeamter, es gehört nicht zum Beruf. Man darf nicht zuviel von uns verlangen. Meine Frau behauptet, ich tanze wie ein Elefant. Mein Gott, sie bekäme Angst um mich, wenn sie das wüßte. Singen kann ich auch nicht. Das letztemal habe ich als Neuverheirateter gesungen. Aber da wurde mir gekündigt, und ich mußte ausziehen. Man wird mit Kartoffeln nach mir werfen, wenn ich da drinnen anfange zu singen. Na, das kann heiter werden!"

Professor Knopp betrachtete ihn seelenruhig. „Sie wissen, daß Sie es trotzdem schaffen müssen, Herr Kommissar", sagte er. „Ich schlage vor, daß Sie statt dessen tanzen. Ich nehme den Gesang auf mich."

„Was denn? Ich und tanzen? " rief der Kommissar aufgeregt.

„Kosakentanz zum Beispiel", erwiderte Professor Knopp.

„Woher soll ich einen Kosakentanz können", seufzte der Kommissar. „Ich würde mich ja wie ein Elefant im Porzellanladen bewegen. Die Kartoffeln wären mir sicher!"

„Ach, Kosakentanz ist gar keine besondere Kunst", versicherte Professor Knopp. „Stampfen Sie nur ein bißchen mit den Füßen auf den Boden, werfen Sie sie in die Luft und rufen Sie: ‚Hei! Hei!' Sie können dabei auch die Arme kreuzen und zwischendurch vor- und zurückmarschieren", schlug Professor Knopp vor. „Nur dürfen Sie dabei nicht vergessen, ‚Hei! Hei!' zu rufen."

„Reicht das wirklich?" erkundigte sich Benson mißtrauisch. „Wenn das gutgeht, esse ich meine Pelzmütze
auf!"

Da öffnete sich die Tür, der Butler zeigte sich und wies
sie mit einer tiefen Verbeugung in den Festsaal. Als
Professor Knopp und der Kommissar eintraten, wurden
sie mit ohrenbetäubendem Beifall begrüßt.

Der Oberbutler führte sie zu einem Podium in der Nähe
des Orchesters. Der Jubel steigerte sich, als die beiden
hinaufkletterten. Nachdem sich der größte Lärm gelegt
hatte, sagte Professor Knopp: „Ich werde ein arabisches Lied singen. Es heißt: Am Fuße der Palme in
dunkler Wüstennacht."

Die Kapelle spielte, und der Professor begann zu singen. Gesang und Musik stimmten zwar nicht ganz über-
ein, aber das machte nichts, weil niemand das Lied
kannte. Wer weiß auch schon, wie ein arabisches
Wüstenlied klingen muß; jedenfalls merkwürdig, was es
auch tat. Aber die Gäste schienen zufrieden zu sein,
denn sie nickten einander zu. Ehe Professor Knopp
noch geendet hatte, waren allesamt von der klagenden
Melodie richtig ergriffen. Man fand sie unbeschreiblich
schön.

„Und jetzt: Ein ungewöhnlicher kaukasischer Kosakentanz. Er wird von einer halbvergessenen Volksgruppe
im Kaukasus noch getanzt", erklärte Professor
Knopp.

Kommissar Benson war tief unglücklich, als die Musik
anstimmte. Daß er in seinem Leben einmal einen
Kosakentanz nach kaukasischer Art tanzen müsse,
hatte er sich nicht träumen lassen. Wie sollte er nur

134

beginnen? Zögernd blickte er zu Professor Knopp, der ihm ermunternd zunickte.

Der Kommissar kreuzte die Arme über der Brust, pumpte gewaltig viel Luft in die Lungen, so daß sich sein Brustkorb weitete, und stampfte dann mit einem Bein heftig auf den Boden. Rings um die Tafel wurde es totenstill. Die Gäste beobachteten ihn gespannt.

Kein schlechter Anfang, in der Tat, dachte Professor Knopp.

Der Kommissar stampfte mit dem andern Fuß noch heftiger auf. Jetzt hörte sogar die Kapelle auf zu spielen, die Musiker legten ihre Instrumente hin und betrachteten interessiert den stampfenden Kosaken. Kommissar Benson warf die Arme in die Luft und rief: „Hei! Hei!"

Jetzt waren alle Gäste am Tisch überzeugt, dies war ein echter Kosak aus dem Kaukasus! Man mußte schon in einer Gegend mit hartem Felsboden leben, um solche Stampferei ausführen zu können. Nun begann der Kommissar, taktfest auf der Stelle zu marschieren, immer noch mit auf der Brust verschränkten Armen. So überbrückte er einige Minuten, sah aber schließlich ein, daß die Sache eintönig wurde. Er mußte einfach etwas Neues ersinnen. Also begann er rhythmisch auf dem Podium auf und ab zu marschieren, das Publikum ständig dabei im Auge behaltend. Zwischendurch blieb er stehen und rief: „Hei! Hei!"

Nach einigen weiteren Minuten erlahmte des Publikums Interesse. Er stampfte, wie gesagt, ziemlich laut und immer im gleichen Rhythmus. Da kam ihm eine ganz neue Idee: Mit gekreuzten Armen trat er vor das

Publikum hin, warf rasch den einen Fuß in die Luft, rief „Hei! Hei!" und warf dann auch das andere Bein hoch. Er fand selbst, daß er recht kaukasisch aussähe. Aber jetzt hatten die Gäste sein Gestampfe satt, denn ihre Ohren begannen von dem anhaltenden Krach taub zu werden. Als ihm daher eine neue Bewegung einfiel, die darin bestand, sich zu verneigen, die Arme kreisen zu lassen und nochmals „Hei!" zu brüllen, nahmen die Leute die Gelegenheit wahr, zu applaudieren und „Bravo" zu rufen. Kommissar Benson war fast enttäuscht, schon aufhören zu müssen. Gerade war er richtig in Form gekommen. Er verbeugte sich.

Auch Professor Knopp erschien wieder auf der Szene. „Jetzt, meine Damen und Herren, werde ich zum Schluß singen: Einsam in der Wüste mit meinem Kamel, reite ich zu meinem sommerheißen Zelt."

Auch dies erwies sich als ein ergreifendes Beduinenlied, das Trauer und Sehnsucht weckte. Professor Knopp und der Kommissar nahmen unter tiefen Verbeugungen die Beifallsstürme entgegen. Sodann entfernten sie sich rasch aus dem Saal.

„Wir müssen die Treppe finden, die zur Empore im Saal führt", sagte Professor Knopp, sobald sie die Tür hinter sich geschlossen hatten. „Von dort oben können wir alles sehen, was geschieht. Wir müssen uns jetzt beeilen."

Professor Knopp und Kommissar Benson hatten eben den Balkon erreicht, als die Seitentüren unten im Saal geöffnet wurden und der Oberbutler und sein Unterbutler, auch dieser mit dem gleichen schwarzen Bart, hereintraten. Ihnen auf dem Fuße folgten dreißig Kellner, jeder mit einem Tablett, die in aller Geschwindigkeit begannen, sämtlichen Gästen hochgefüllte Weingläser vorzusetzen. Kurz darauf verschwanden sie auf dem gleichen Wege, den sie gekommen waren.

Professor Knopp, der diesen Vorgang mit gespannter Aufmerksamkeit beobachtete, murmelte vor sich hin: „Diese beiden Butler kommen mir so bekannt vor. Wo habe ich sie nur gesehen . . .‟

Er und sein Begleiter beobachteten, wie die Gäste tranken und einander zuprosteten. Als alle ihre Gläser leergetrunken hatten, erhob sich Baron Kroll und stellte sich hinter seinen Stuhl. „Meine Damen und Herren! Meine lieben Freunde! Meine Verwandten! Alle und jeder einzelne! Es ist mir eine große Freude, Sie hier . . .‟

Als Baron Kroll so weit in seiner Rede gekommen war, fielen gleichzeitig sieben Personen in tiefen Schlaf, und manch einer gähnte laut.

„. . . an diesem Abend . . . zu sehen‟, sprach Baron Kroll.

In diesem Augenblick lehnten sich achtzehn Personen in ihren Stühlen zurück und schliefen tief.

„In meinem einfachen Palast . . .‟ sprach Baron Kroll in der gleichen Sekunde, als siebenundzwanzig Personen über ihren Tellern einschliefen.

„Schlafpulver im Wein‟, murmelte Professor Knopp.

„Außergewöhnlich durchtrieben‟, flüsterte Kommissar Benson. „Einfach teuflisch.‟

„Wie ich soeben sagte . . .‟ redete Baron Kroll weiter und versuchte, ein Gähnen hinter der Hand zu verbergen. Schläfrig blickte er seine Gäste an, die bereits alle

schliefen. „Himmel, was für eine langweilige Rede",
sagte er halblaut zu sich. „Ich schlafe auch gleich
ein."

Baron Kroll sank auf seinen Stuhl und tat wie die
andern. Der große Eßsaal hallte von kräftigem Schnar-
chen wider. Professor Knopp und Kommissar Benson
warteten gespannt, was jetzt kommen sollte.

Da öffneten sich wieder die Seitentüren, und die beiden Butler traten ein. Hinter ihnen drängten sich die
dreißig Kellner. Die Butler trugen jeder einen riesigen
Sack. Mit geübten Händen begannen darauf die Kellner, Juwelen, Ordenssterne und Manschettenknöpfe
der Gäste einzusammeln und warfen alles, wie es gerade kam, in die von den Butlern aufgehaltenen Säcke.
Die Gäste aber rührten sich nicht.

„Aha!" rief Professor Knopp in seiner Beduinenklei-
dung und lächelte. „Jetzt ist die Stunde da! Haben Sie
die Pistole bereit, Herr Kommissar?"

Benson nickte verbissen.

„Jetzt", flüsterte Professor Knopp, und beide erhoben
sich gleichzeitig hinter der Balustrade. Der Kommissar
hielt die Pistole drohend erhoben.

Plötzlich klingelte es an der Tür. Professor Knopp und
Kommissar Benson setzten sich wieder hin. Der Oberbutler aber erstarrte. „Seht mal nach, wer es ist! Laßt
aber keinen herein!" befahl er kurz.

Drei von den Kellnern verschwanden nach draußen.
Nicht lange danach waren sie wieder zurück.

„Nun?" fragte der Oberbutler.

„Es waren zwei Schauspieler", antwortete einer der
Kellner. „Sie sollten hier auftreten", sagten sie.

138

„Dieser stampfende Kosak und der krähende Beduine? Von denen haben wir bereits genug. Was für eigensinnige Menschen! Ihr habt sie doch fortgejagt?"

„Klar, Chef. Wir haben ihnen die Tür vor der Nase zugeschlagen", versetzte der eine Kellner.

„Gut! Weitermachen!" befahl der Oberbutler.

„Jetzt", flüsterte Professor Knopp und erhob sich zugleich mit Kommissar Benson.

Der Professor beugte sich über die Balustrade und rief in den Saal: „Das Spiel ist aus, Doktor Maximal!"

Kaum hatte er diese Worte ausgesprochen, da wankte der Kommissar so, daß er sich an der Balustrade festhalten mußte ... Doktor Maximal — der internationale Gentlemandieb! Welch eine schreckliche Neuigkeit für einen Kriminalbeamten! Benson wurde zum zweitenmal weiß wie die Wand und war einer Ohnmacht nahe. Also einen internationalen Gentlemandieb hatte er in seinem Bezirk! Bevor er sich sammeln konnte und ehe es Professor Knopp recht begriff, erlosch das Licht — es wurde finster. Gleichzeitig setzte unten im Festsaal eine hastige Betriebsamkeit ein; die Diebe wisperten und flüsterten miteinander.

„Kommen Sie!" rief Professor Knopp dem Kommissar zu. „Wir müssen hinunter!"

Unten angekommen, tastete sich Professor Knopp zum Lichtschalter hin. Im Nu war der ganze Festsaal wieder hell. Die Gäste lagen noch tief im Schlaf, teils über den Tisch gebeugt, teils zurückgelehnt in ihren Stühlen. Aber von der Antiquitätenbande, die soeben noch als Kellner aufgetreten war, fand sich keine Spur. Auch die „Butler", Doktor Maximal und Totte Tulpian, waren verschwunden. Noch viel weniger standen die Säcke mit den kostbaren Juwelen irgendwo herum. Ein offenes Fenster verriet, auf welchem Weg die Bande entwichen war.

„Haben Sie die Pistole bereit, Herr Kriminalkommissar?"

Für den nächtlichen Wanderer gibt es in der Altstadt von Stockholm viel Ungewöhnliches zu sehen. Niemand gerät leicht in Erstaunen, aber wenn ein Beduine und ein russischer Kosak hintereinander herlaufen, da bleibt man doch stehen und rätselt, was da eigentlich vor sich geht. Das taten denn auch viele Spaziergänger in dieser Juninacht. Ja, die Leute öffneten sogar die Fenster und schauten verblüfft auf die Straße.

Professor Knopp lief in seiner Beduinentracht mit leichten, raschen Schritten. Hin und wieder mußte er anhalten, um Kommissar Benson zu erwarten, der das Laufen nicht gewöhnt war und Mühe hatte, mitzukommen. Ein Kriminalbeamter von seiner rundlichen Statur zog es gewöhnlich vor, gemächlich einherzugehen.

„Wohin sind sie eigentlich gelaufen?" fragte der Kommissar keuchend.

Professor Knopp antwortete, wie immer, in ruhigem,

sicherem Ton: „Folgen Sie mir nur. Wir sind ihnen hart auf den Fersen."

„Können wir nicht den Wurstmann dort drüben fragen, ob er sie gesehen hat?"

Der Kommissar lief an den kleinen Wurststand und stützte sich schwer auf die Theke. Vom Laufen war er krebsrot im Gesicht, die Pelzmütze war ihm tief über die Augen gerutscht. „Haben Sie zwei Butler mit schwarzen Vollbärten und dreißig Kellner hier in der Nähe gesehen?" fragte er atemlos. „Sie trugen einen Sack!"

Der Wurstmann betrachtete gleichgültig den keuchenden Kosaken und den kleineren Beduinen. „Zwei Butler mit Vollbart und dreißig Kellner? Ja, jetzt fällt mir's ein, daß sie tatsächlich eben hier vorbeigerannt sind. Sie liefen wie die Feuerwehr. Haben die Leute hier in der Stadt eine Eile! Immer jagen und hetzen sie. Da war es früher ruhiger. Ich erinnere mich . . ."

„In welcher Richtung?" fragte Professor Knopp.

Der Wurstmann zeigte es wortlos mit einer Gabel.

„Genau wie ich mir dachte", sagte Professor Knopp. „Zum Antiquitätenladen REDLICH. Kommen Sie, Herr Kommissar, wir haben keine Zeit zu verlieren."

Kommissar Benson seufzte und lief hinter Professor Knopp her. Es dauerte nicht lange, da waren sie beim Laden angekommen, Professor Knopp zog den Ladenschlüssel aus seiner Westentasche, schloß auf und stürzte hinein. – Der Laden war leer. Ohne sich einen Augenblick zu bedenken, rannten Professor Knopp und der Kommissar in das hintere Zimmer, hoben die Falltür hoch und kletterten nach unten.

„Haben Sie die Pistole bereit, Herr Kriminalkommissar?" fragte Professor Knopp.

Der Kommissar nickte stumm.

Aber sowohl der Gesellschaftsraum der Bande wie das Zimmer von Doktor Maximal waren leer.

„Wir laufen weiter durch den Kellergang!" rief Professor Knopp.

Als sie in den Keller schauten, in den sie Svasse eingeschlossen hatten, fanden sie auch diesen leer. Jemand mußte Svasse herausgelassen haben. Professor Knopp und der Kriminalkommissar stürzten weiter. Sie eilten durch den endlosen dunklen Gang, der immer abschüssiger wurde. Hier unten war die Luft kalt und feucht, und finster war es wie in einem Sack.

„Nimmt denn dieser Gang nie ein Ende?" keuchte Benson.

„Ich glaube, wir sind gleich da", sagte Professor Knopp.

Als sie um eine Ecke bogen, standen sie vor einer gewaltigen Tür. Professor Knopp drückte mit der Schulter dagegen und schob sie auf. „Wie ich vermutete!" rief er und blickte sich zufrieden um.

Sie waren in die Sackgasse gekommen, in der vorher die Bande mit der geraubten Frau Molin spurlos verschwunden war. Als der Professor die schwere Tür hinter sich zuzog, verschmolz sie mit der Wand, völlig unsichtbar; man hatte sie verputzt wie das übrige Mauerwerk.

„Ungewöhnlich schlau!" flüsterte Kommissar Benson. „Was machen wir jetzt?"

Das Donnern eines Motorbootes unterbrach ihn. Es kam von einem großen Besichtigungsboot, das ganz in ihrer Nähe vom Kai ablegte. In dem Boot saßen zwei Butler mit schwarzen Vollbärten und dreißig Kellner. Es konnte sich kaum um einen Zufall handeln: Das war die gefürchtete Antiquitätenbande, die sich auf der Flucht vor ihren Verfolgern befand.

Das Boot schoß ins freie Wasser hinaus, nahm Kurs auf das Museum.

„ ‚Albert‘, wir nehmen ‚Albert‘!" rief Professor Knopp und lief, dicht gefolgt von dem Kriminalkommissar, den Bürgersteig entlang. Der Professor blickte erst nach links, dann nach rechts und wieder nach links — worauf beide die Straße überquerten. Sie fanden „Albert" an seinem Platz am Schiffskai und kletterten schnell in die Führerkanzel.

„Die entkommen uns nicht", bemerkte Professor

Knopp. „ ‚Albert' macht mit Leichtigkeit seine sechzig Knoten."

Kommissar Benson nickte. Die Tage der Antiquitätenbande waren zweifellos gezählt.

„Nehmen Sie sich ruhig ein Buch", sagte Professor Knopp und zeigte auf das Bücherbord. „Bootsfahrten werden sonst leicht langweilig."

Der Kommissar wählte „Unter uns Geigenbauern" und blätterte zerstreut darin, während „Albert" wie ein Pfeil über das Wasser schoß.

„Na also!" rief Professor Knopp, als er das Besichtigungsboot sah, das dicht beim Museum am Kai festgemacht hatte. Zwei Butler mit schwarzen Vollbärten und dreißig Kellner quollen heraus, strömten über einen Wiesenhang und waren gleich darauf verschwunden.

Nur wenige Minuten später legte „Albert" dicht neben dem Boot am Kai an. Kommissar Benson legte ein Lesezeichen ins Buch und stellte es ins Regal zurück, fest entschlossen, bei nächster Gelegenheit in diesem hochinteressanten Werk weiterzulesen.

Nachdem Professor Knopp „Albert" am Kai vertäut hatte, schlugen die beiden den gleichen Weg ein, den die Verbrecher genommen hatten. Sobald sie vor dem Museum standen, wurde es Professor Knopp klar, auf welche Weise die Bande hatte eindringen können. Auf der Giebelseite des Museums befand sich nämlich eine kleine Tür. Professor Knopp drückte die Klinke hinunter, hinter der unverschlossenen Tür herrschte völlige Finsternis.

Professor Knopp und Kommissar Benson gingen über

einen dunklen Flur, bis sie plötzlich an eine Leiter stießen.

Der Professor kletterte auf leisen Sohlen hinauf und fand oben einen viereckigen, losen Stein, der eine Öffnung bedeckte. Er ließ sich leicht anheben, denn er bewegte sich anscheinend in Scharnieren.

Professor Knopp schaute aus dem Loch heraus. Obwohl es dunkel im Raum war, wußte er sofort, wo er sich befand. Er stand in der großen Halle des Nationalmuseums.

Das Spiel ist aus

Professor Knopp steckte vorsichtig den Kopf durch das Loch und sah sich mißtrauisch in der großen Halle um – blickte erst nach rechts, dann nach links und schließlich wieder nach rechts. Im nächsten Augenblick stand er in der Halle und ging ein wenig auf seinen lautlosen Schuhen umher, um alle Winkel zu untersuchen.

„Pst! Professor Knopp!" flüsterte Kommissar Benson aus dem Loch heraus.

Der Professor schlich zurück und kniete neben der Öffnung nieder.

„Scht! Kommen Sie vorsichtig heraus", gab er flüsternd zurück.

Kommissar Benson kletterte mühsam die Leiter hinauf. Als sein Kopf über dem Rand sichtbar wurde, knurrte er halblaut, er könne nichts sehen, was aber zum Teil daran lag, daß ihm die Pelzmütze wieder über die Augen gerutscht war.

Die große Halle wurde nur vom Mondlicht erleuchtet, das durch die hohen Fenster drang. Professor Knopp legte den Stein, der die Öffnung bedeckte, geräuschlos zurück.

„Haben Sie sie gesehen? " fragte der Kommissar flüsternd.

„Nein, aber wir werden sie schon finden", meinte Professor Knopp.

„Versuchen Sie nur ja, so leise wie möglich zu gehen!"

Sie schlichen davon, das heißt, nur Professor Knopp schlich; lautlos (wie gewöhnlich) bewegte er sich vorwärts. Kommissar Bensons Stiefel aber knallten ganz gewaltig und hallten in dem großen Raum wider.

Professor Knopp schüttelte ärgerlich den Kopf. „Leiser! Sie müssen leiser gehen! Sie können ja eine Mumie mit Ihren Schritten aufwecken", flüsterte er.

„Das sind die Stiefel", meinte der Kommissar unglücklich. „Die knallen so."

„Aber solch ein Krach könnte gefährlich werden", mahnte Professor Knopp. „Ist Ihre Pistole schußbereit? "

Der Kommissar nickte und fühlte in der Hosentasche nach. Aber die Pistole war weg! Verzweifelt suchte er in allen Taschen, doch er fand sie nirgends.

„Sie ist weg!" flüsterte er. „Ich muß sie beim Laufen in der Altstadt verloren haben."

Professor Knopp kaute nachdenklich an seinem Schnurrbart. „Eine gefährliche Lage, in der Tat", sagte er dann. „Wir müssen eine andere Methode ausdenken, um die Antiquitätenbande unschädlich zu machen."

Aus dem Hausmeisterzimmer drang ein Lichtstreif. Der Kommissar zeigte darauf, ohne ein Wort zu sagen.

„Achtung", sagte Professor Knopp. „Das kann die Bande schon sein. Ziehen Sie Ihre Stiefel aus und schleichen Sie auf Socken, Herr Kommissar."

Benson befolgte den Rat und schlich vorsichtig an die Tür, hinter der ein schwaches Stimmengemurmel zu hören war.

Professor Knopp lugte durchs Schlüsselloch. Vor Staunen machte er einen Satz nach rückwärts. Er sah dort eine ihm wohlbekannte Dame, und ihr gegenüber entdeckte er zwei Kinder, die er nicht weniger gut kannte.

Professor Knopp faßte an die Tür. — Sie war verschlossen. Doch der Schlüssel steckte von außen im Schloß. Nachdem er geöffnet hatte, glitten beide ins Hausmeisterzimmer und zogen die Tür leise hinter sich zu.

„Hilfe!" rief Frau Molin — denn sie war es. Ihr gegenüber saßen Ulli und Britta, die verdutzt dem eingedrungenen Kosaken und dem Beduinen ins Gesicht blickten.

„Scht!" machte Professor Knopp eifrig. „Wir sind's! Professor Knopp und Kommissar Benson."

Frau Molin sank erleichtert zurück. Mit zitternder Hand setzte sie die Kaffeetasse ab, die leise gegen die Untertasse klirrte.

„Ich dachte schon, die Antiquitätenbande wäre wieder da", sagte Frau Molin. „Wie konnten Sie mich so erschrecken, Herr Professor. Aber warum haben Sie sich verkleidet? "

„Scht! Sprechen Sie leise! Das ganze Haus ist voll von den Mitgliedern der Bande. Wir müssen sehr vorsichtig sein. Sagen Sie mir lieber jetzt, wieso Sie hier sind?"

„Ich hatte ja meine Handtasche vergessen", erklärte Frau Molin. „Deshalb kamen wir auf dem Rückweg vom Tierpark hier herein. Wir haben in jedem Stockwerk gesucht, alle drei, konnten sie aber nirgends finden. Schließlich fiel mir ein, daß einer der Aufseher sie verwahrt haben könnte, deshalb gingen wir zusammen in dieses Zimmer. Kaum waren wir drinnen, so schloß jemand hinter uns ab. Ich klopfte gegen die Tür, aber niemand hörte uns. Man hatte uns einfach eingeschlossen. Zum Glück fand ich eine Kaffeemaschine, so kochten wir uns Kaffee und haben uns die ganze Zeit unterhalten. Es hat uns also nichts ausgemacht. Trotzdem war es gut, daß Sie uns schließlich gefunden haben."

„Ist denn die ganze Antiquitätenbande hier im Hause?" fragte Ulli neugierig.

„Ja", entgegnete Professor Knopp. „Mir kommt gerade ein Gedanke, wie wir sie fangen können. Du und Britta, ihr könnt mir beide bei meinem Plan helfen. Hört zu."

Darauf weihte Professor Knopp die beiden Kinder und den Kommissar in seinen Plan ein. Da Frau Molin für die Durchführung nicht gebraucht wurde, durfte sie im Hausmeisterzimmer bleiben und in Ruhe ihren Kaffee austrinken. Frau Molin war sehr dankbar dafür, denn nach dem ausgedehnten Besuch im Tierpark spüre sie ihre Füße, meinte sie, und sie habe daher keine Lust, mitten in der Nacht Banditen zu jagen. Und am Tage hätte sie mehr als genug davon gehabt.

Professor Knopp nickte beifällig. Gleich darauf schlichen alle vier in die Halle. Ulli und Britta versteckten sich jeder hinter einer Kalesche, die in der Mitte nebeneinander standen. Professor Knopp und der Kriminalkommissar stiegen mit schleichenden Schritten die Treppe zum ersten Stockwerk hinauf. Wachsam spähten sie umher, doch von der Bande ließ sich niemand erblicken.

Als sie in die Trachtengalerie kamen, hörten sie Schritte.

Professor Knopp erstarrte. „Schnell!" sagte er und stieß den Kommissar in einen Schrankkasten (der kein Glas hatte) und stellte sich selbst daneben. „Rühren Sie sich nicht! Stehen Sie ganz still!"

Die Schritte näherten sich. Der Lichtkegel einer Taschenlampe wurde am Ende des Korridors sichtbar. Es war eine große, kräftige Gestalt, die mit schweren Schritten herankam.

„Svasse!" flüsterte Professor Knopp. „Denken Sie daran, keine Bewegung!"

Svasse ließ das Licht über die Trachtengruppen spielen. Als er vor den Schaukasten kam, in dem Professor Knopp und Benson standen, hielt er an und leuchtete ihnen ins Gesicht. Dann lachte er vor sich hin. „Es kann einem angst und bange werden", murmelte er, „wie sich die Leute früher ausstaffiert haben."

Danach setzte Svasse seinen Weg durch die Trachtengalerie fort, blieb mitunter stehen und murmelte undeutlich vor sich hin, wenn er die Taschenlampe auf einen Kasten richtete. Er merkte nichts davon, daß sich zwei Schatten dicht an seine Fersen hefteten. Zwei bedrohliche Schatten waren es, der eine groß, der andere etwas kleiner.

Svasse schlich die Treppe zum nächsten Stock hinauf, wo er eine Weile zögernd stehenblieb. Dann entschloß er sich, auch noch die nächste Treppe zu nehmen. Die beiden Schatten folgten ihm.

Svasse schritt über einen langen Korridor, bis er an eine Tür gelangte. Als er sie öffnete, fiel Licht auf den Gang. Da konnten die beiden Verfolger für einen Augenblick zwei Butler mit schwarzen Vollbärten und dreißig Kellner erkennen. Als Svasse diese Tür hinter sich geschlossen hatte, eilten Professor Knopp und Kommissar Benson unmittelbar darauf hinterher.

„Also nicht vergessen, fünfzehn Kellner, einen Butler

samt Svasse abzählen", gab Professor Knopp flüsternd Order. „Den Rest besorgen dann Sie!"

Professor Knopp legte die Hand auf die Türklinke und drückte sie herunter. „Jetzt!" sagte er. „Verstecken Sie sich hier!"

Professor Knopp öffnete die Tür und rief: „Heiho! Das Spiel ist aus, Doktor Maximal!"

Dreißig Kellner und zwei Butler schauten bestürzt zur Tür. Doktor Maximal, der sich hinter einem der beiden Vollbärte verbarg, erhob sich und rief, auf Professor Knopp zeigend: „Nehmt ihn sofort fest!"

Im gleichen Augenblick drehte sich Professor Knopp auf seinen leichten Schuhen herum und lief den Korridor entlang. Sofort begannen die Kellner aus der geöffneten Tür zu strömen. Kommissar Benson, der daneben stand, zählte genau alle Kellner, die vorbeikamen . . . 7, 8, Svasse, 9, 10, Doktor Maximal, 11, 12, 13, 14, 15!

In der gleichen Sekunde, als die fünfzehn Kellner die Schwelle passiert hatten, sprang der Kommissar vor und schrie: „Heiho! Sie sind verhaftet! Alle miteinander!"

Darauf drehte auch er sich um und rannte, so schnell ihn seine Beine trugen, den Korridor entlang. Fünfzehn Kellner und ein Butler mit schwarzem Vollbart (der niemand anders war als Totte Tulpian) stürzten hinter ihm her. Benson wählte einen anderen Weg als Professor Knopp und lief einmal im Oberstock rundherum, während sein Gefährte sogleich die Treppe zum ersten Stock hinuntergeeilt war.

Als der Kommissar seine Runde beendet hatte, mit dem schreienden Haufen hinter sich, lief auch er die

Treppe hinab, wobei er nicht vergaß, hin und wieder einen Blick nach hinten zu werfen, um sich zu vergewissern, ob auch alle in guter Ordnung folgten.

Als er eben in die Abteilung für Damenhüte aus älterer Zeit hineinlief, wäre er beinahe mit Professor Knopp zusammengeprallt, der von der entgegengesetzten Seite kam, nachdem er einmal um den ganzen Stock gelaufen war. Es entstand eine kleine Verwirrung, als sich die beiden Haufen begegneten, aber Professor Knopp gelang es, die Verfolger mit einigen scharfen Zurufen wieder richtig aufzuteilen. Die lärmenden Scharen liefen also jede in der angewiesenen Richtung in guter Ordnung weiter. Der Kommissar nahm seinen Weg durch die Abteilungen Porzellan, Möbel und Hausgerät aus dem achtzehnten Jahrhundert, während Professor Knopp, der diese Abteilungen schon passiert hatte, sei-

nen Haufen durch die Räume mit Lappenkunst, Religion und Aberglauben führte.

Als er die große, dunkle Halle erreichte, hatte er den Abstand zwischen sich und seinen Verfolgern etwas verringert. Er drehte sich um, ob auch keiner zurückgeblieben sei, und nahm dann Kurs auf die eine Kalesche, die in der Halle aufgestellt war. Mit einem gewandten Satz sprang er durch die eine Tür und auf der anderen Seite wieder heraus. Professor Knopp schlug die Tür hinter sich zu und verschloß sie sorgfältig. Währenddessen strömte die halbe Antiquitätenbande mit Doktor Maximal an der Spitze durch die erste Tür. Im Wagen entstand heftiges Geschrei, da sich alle zusammenquetschen mußten. Wie Professor Knopp beobachten konnte, machte jeder von seinen Ellbogen kräftigen Gebrauch. Seelenruhig zündete sich der Pro-

fessor seine Pfeife an und wartete, bis alle fest einge-
klemmt in dem Wagen standen oder lagen.

Unterdessen stand Ulli gut verborgen hinter der Kalesche und zählte die Mitglieder der Bande, so wie sie
ankamen. Als sich der letzte glücklich hineingequetscht
hatte, schlug er sofort die Tür zu und schloß sie hinter
ihm ab. Durch das Fenster konnten er und Professor
Knopp Doktor Maximals wilde Grimassen und Svasses
verblüfftes Gesicht erkennen. Die übrigen Mitglieder
der Bande drängelten und knufften sich unaufhörlich.

Als Professor Knopp hörte, wie sich der Kommissar an
der Spitze seines Haufens näherte, stellte er sich mit
Ulli hinter die zweite Kalesche. Es dauerte auch nicht
lange, bis der Polizeikommissar erschien. Offenbar
hatte er seine letzten Kräfte verbraucht, denn er
keuchte stark, und die Verfolger, mit Totte Tulpian an
der Spitze, waren beunruhigend nahe herangekom-
men.

Kommissar Benson sprang hinein in den Wagen und auf
der anderen Seite wieder heraus, genau wie es der Professor Knopp gemacht hatte. Als er draußen war,
schloß Professor Knopp rasch die Tür, während sich
der Kommissar auf die Stufen setzen durfte, um sich
zu erholen. Unterdessen warteten Professor Knopp und
Ulli, bis die restlichen Mitglieder der Bande samt Totte
Tulpian in der Kalesche waren. Dieses Mal war es
Britta, die herbeieilte, als sich der letzte Mann durch
die Tür gedrängt hatte, worauf sie den Schlüssel zweimal herumdrehte.

„Danke, Professor Knopp!" sagte der Kommissar Ben-

son, noch immer atemlos, und schüttelte ihm die Hand. „Sie sind ein Genie! Keiner außer Ihnen hätte diese unwahrscheinlich schlaue Antiquitätenbande fangen können. Ihre scharfsinnige Idee, sie einzufangen, war einfach verblüffend!"

„Ach, was reden Sie nur", meinte Professor Knopp. „Ich freue mich, daß ich Ihnen helfen konnte. Das hier war ja nicht der Rede wert. Eine Kleinigkeit, wollte ich sagen. Man hat Schlimmeres mitgemacht."

Da flüsterte jemand in der Finsternis. „Wer da? " fragte Professor Knopp.

„Wie ist es gegangen? Haben Sie sie fest? " Frau Molin war es, die sich vorsichtig aus dem Hausmeisterzimmer gewagt hatte.

„Der Fall ist abgeschlossen", verkündete Professor Knopp. „Das Weitere bleibt der Polizei überlassen." Er zeigte auf die beiden Kaleschen, in denen man die Gesichter von Doktor Maximal, Totte Tulpian und Svasse erkennen konnte. Sie schnitten grimmige Grimassen und drohten Professor Knopp und Kommissar Benson mit der Faust. Die übrigen Mitglieder der Bande drängelten sich noch immer in den Wagen — man hörte von drinnen das schwache Geräusch von Knüffen und Püffen.

„Das hört man gerne", bemerkte Frau Molin. „Es war wirklich an der Zeit. Man ist ja seines Lebens nie sicher, wenn eine solche Bande am Werk ist."

„Ja, ein schönes Gefühl, zu wissen, daß die Antiquitätenbande unschädlich ist", sagte Kommissar Benson und nahm die Pelzmütze vom Kopf, denn bei der Jagd war ihm warm geworden.

Professor Knopp entledigte sich ebenfalls seines Beduinenmantels und seines Kopftuches. Als er den Turban auseinanderwickelte, fiel ein kleines Paket zu Boden. Professor Knopp nahm es auf und reichte es Frau Molin. „Ich hoffe, daß es Ihnen gefällt", sagte er.

„Für mich? " fragte Frau Molin erstaunt. Sie öffnete das Päckchen, um nachzusehen, was es enthielt. „Ach, künstliche Vögel!" rief sie erfreut. „Für meinen Hut als Ersatz für die alten, die auf dem Weg nach Stockholm weggeflogen sind. Professor Knopp — Sie sind ein Gentleman!"

Professor Knopp verbeugte sich und sagte nichts weiter als „Ja" und machte ein bescheidenes Gesicht dazu.

Zum Schluß noch einmal Kochfisch ?

Das Flugzeug „Albert" donnerte in einer Höhe von dreitausend Meter mit seinen drei Passagieren dahin. Frau Molin war bereits in Trosa ausgestiegen, dankbar, wieder in ruhige Verhältnisse zurückzukehren. Sie hatte erklärt, sie sehne sich nach einem schönen Abend, daheim an ihrer Nähmaschine in ihrer ruhigen Ecke. Antiquitätenbanden wolle sie lieber doch nicht jagen, das sei nichts für sie.

Professor Knopp steuerte seine Maschine durch den Luftraum mit der gleichen verblüffenden Sicherheit wie eh und je. Ruhig, ungerührt und ohne zu zaudern hielt er den Steuerknüppel und überprüfte sekundenschnell die Instrumente. Nur dann und wann knabberte er einen Keks aus der Schachtel, die er neben sich auf dem Sitz liegen hatte. „Wir sind bald über Klockköping", sagte er plötzlich. „Der Auftrag ist gleich beendet."

„Ja, gut, daß alles vorüber ist", sagte Ulli.

„Die Gerechtigkeit hat gesiegt", sagte Professor Knopp.

„Schade, daß wir uns von dem Kommissar nicht verabschieden konnten", sagte Britta. „Er meinte, er müsse leider den ganzen Nachmittag üben."

„Was denn? " fragte Ulli.

„Den Kosakentanz", erklärte Professor Knopp. „Er will auf dem jährlichen Kameradschaftstreffen der Polizei auftreten. Sicher wird es ein großer Erfolg. Er hat tatsächlich Talent für den Kosakentanz, dieser Kommissar."

Eine rote Lampe blinkte auf, worauf sich Professor Knopp vorbeugte, zwei Knöpfe eindrückte und einige Male an der Kurbel drehte, die sich am Boden befand. Sogleich erlosch die Lampe. Professor Knopp nahm seine leicht vorgeneigte Pilotenhaltung wieder ein.

„Was Mama und Papa wohl sagen werden, wenn wir heimkommen? " sagte Britta bekümmert. „Sicher sind sie recht unruhig gewesen."

„Hoffentlich gibt es etwas Gutes zu Mittag", meldete sich Ulli. „Ich bin schon ganz ausgehungert."

„Könnten Sie heute nicht mit uns essen, Herr Professor? " fragte Britta.

„Danke, gern", erwiderte Professor Knopp. „Nach einer solchen Reise wird es mir schmecken."

Das Flugzeug donnerte durch das Luftmeer dahin, während die Passagiere schweigend durch das Fenster blickten. Professor Knopp kontrollierte hin und wieder die Instrumente. „Was, meint ihr, wird es zu Mittag geben? " fragte er plötzlich.

„Ich denke, es gibt Klopse", sagte Ulli hoffnungsvoll.

„Wenn es nur keinen Kochfisch gibt", warf Britta düster ein.

„Gekochten Fisch!" rief Professor Knopp und fuhr zusammen, so daß die Maschine heftig zur Seite gierte, sich dann einige Male drehte (wie ein Blatt im Herbstwind), die Nase wieder nach oben richtete, ein Looping vollführte, sich überschlug, ehe Professor Knopp sie wieder aufrichten konnte.

Es mußte ihn ziemlich erschüttert haben, fanden Ulli und Britta.

„Was war los? " fragte Britta bestürzt.

„Gekochter Fisch", stöhnte Professor Knopp halb erstickt. „Das ist das Schlimmste, was ich kenne."

Immer wieder warf Professor Knopp einen besorgten Blick auf Ulli und Britta, bis „Albert" auf der Wiese in Klockköping aufsetzte.

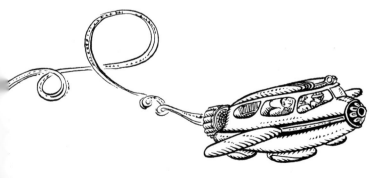

Inhalt